# 每个爱情都危险

刘琬著——著

love
is
always
dangerous

危险

当代世界出版社
THE CONTEMPORARY WORLD PRESS

## 图书在版编目（CIP）数据

每个爱情都危险 / 刘琬著著. —北京：当代世界出
版社，2017.8

ISBN 978-7-5090-1265-9

Ⅰ.①每… Ⅱ.①刘… Ⅲ.①长篇小说—中国—当代
Ⅳ.①I247.5

中国版本图书馆CIP数据核字（2017）第215459号

---

| | | |
|---|---|---|
| 书　　　名： | 每个爱情都危险 | |
| 出版发行： | 当代世界出版社 | |
| 地　　　址： | 北京市复兴路4号（100860） | |
| 网　　　址： | http：//www.worldpress.org.cn | |
| 编务电话： | （010）83908456 | |
| 发行电话： | （010）83908409 | |
| | （010）83908455 | |
| | （010）83908377 | |
| | （010）83908423（邮购） | |
| | （010）83908410（传真） | |
| 经　　　销： | 全国新华书店 | |
| 印　　　刷： | 北京天宇万达印刷有限公司 | |
| 开　　　本： | 880毫米×1230毫米　1/32 | |
| 印　　　张： | 7 | |
| 字　　　数： | 155千字 | |
| 版　　　次： | 2017年8月第1版 | |
| 印　　　次： | 2017年8月第1次 | |
| 书　　　号： | ISBN 978-7-5090-1265-9 | |
| 定　　　价： | 39.00元 | |

## 1. 十年没联系，但是微信暴露了痕迹

再一次坐上这趟从济南开往东华市的绿皮火车，已经是十年后的事情——这次，是陶子橙和两个闺蜜茉莉、芭蕉一起旅行。对于这次旅行事件的几个要素，绿皮火车没变，目的地没变，但时间已变，人物已变，心情已变。

三个闺蜜同乘一列火车的后果，就是整个车厢里始终充斥着叽叽喳喳的嬉笑声。还好，没有空调、没有电视的绿皮火车上，疲惫的旅人也乐得有这样的美女、这样曼妙的声音来养眼养耳。

对于本次列车的终点站东华市，他们来这里的次要目的是茉莉考察一个商业项目，而主要目的是三个闺蜜同行游玩一起为茉莉庆祝生日。

三个闺蜜，三个已婚女子，同为三十三岁。

三个精彩女子：茉莉是主题酒店连锁品牌的创始人；芭蕉是摄影圈的精灵，有自己的摄影工作室；陶子橙在做了十年记者后转行为影视制片人。

三十三岁的茉莉、芭蕉和陶子橙还没有完全褪去青春少女的活泼俏皮，举手投足间却多了女人的成熟优雅。这样的风情，在绿皮火车车厢里，是一道风景。

芭蕉提议每人分别用自己的手机自拍，然后分别发到微信朋友圈里，看谁的回复最多。

不出五分钟，三人手机微信上各路朋友从各个角落钻出来留言，有惯性点赞的，有发各种表情的，有愿意出资赞助飞机票免除美女们旅程劳苦的，有愿意追过来同游的等等。茉莉和芭蕉都乐得花枝乱颤，各自语音或文字回复着各路朋友的问候。微信的好处就在于能够和朋友们即时分享当下的欢乐，而且文图共享、声情并茂。

唯独陶子橙突然怔住了。

她的朋友圈评论里一个叫许铎的回复说："你终于来了！"

许铎？许铎！许铎。

故事从这里被揭开一个小角，越回忆越泛滥。它如同从考古堆里挖掘历史——挖开的泥土越多，发掘的历史信息越重大，越厚重。

茉莉和芭蕉同时发现了陶子橙的异样。"橙子，发什么闷，啥情况？"陶子橙表情复杂忧郁，往后一仰，躺在了下铺的床上，说道："真的有情况了！前方有'敌情'。"

"还和我们玩迷离啊，讲清楚点好不好？"芭蕉说。

"哎！故事发生在 long long ago，那时我的世界里还没有你俩呢！懵懂的我差点迷失了方向，你俩不早出现去拯救当时的陶子橙！"躺在下铺的陶子橙喃喃地说着。

"看来与男人有关。"茉莉说。

"绝对的，这世间，唯有红男绿女的爱情故事最耐人寻味！"芭蕉补充。

"难道橙子在东华市'廊桥遗梦'了？"茉莉继续。

"行了，你俩。我还'罗马假日'了呢。"陶子橙说，"那是十年前我休假期间来这里采访时发生的一些事情。当时认识了一个男人，经历过结束之后，我就不和他联系了，但是手机号码一直存在手机卡里。后来换了 iphone，再后来微信出现时就顺手把通讯录里有微信的朋友全部加了。这么多年，我们从未联系过，谁料到，这次来东华市被他发现了！十年没联系，但是微信暴露了痕迹。"

言及此，陶子橙的手机提示有微信消息。

三个人凑过去，是许铎发来的："我去火车站接你？"

"要来接你！你们的故事要有续集了！哦哈哈！那我们是不是该期待一场精彩的故事继续上演呢？"芭蕉坏笑道。

"我可无意成为你俩臆想的剧情的女主角啊！赶紧地躺到各自床铺上自己做梦去吧！"陶子橙边说边躺下了。

她没有回复，也不知如何回复。对于她而言，她只能跟随这列火车到达唯一的终点，她无路可选；对于许铎，她无法决定是否让他来接站。不接，就可不见；接，就不得不见。

她想起了十年前，她离开东华市时，也是躺在绿皮火车的卧铺上，在黑暗中反复听着一首歌："我们的爱，过了就不再回来，直到现在，我还默默的等待，我们的爱我明白，已变成你的负担，只是永远，我都放不开，最后的温暖，你给的温暖。"

她和许铎，是否牵扯到爱这个字眼，她也不记得了，但是故事的过程还清晰。她其实很想忘记，忘记这段在她生命里不怎么重要的男人。

而今，还是这样的黑夜，还是这样的卧铺，还是这样的绿皮火车，陶子橙已经不知道自己是在回忆还是在梦里。

## 2. 彼时陶子橙未婚

时光回溯到十年前，故事开始。

从开始休年假，陶子橙就任自己闲散到颓废。她甚至对每个试图询问她职业的人坏坏地说，她是全职太太。

其实，陶子橙未婚。

彼时，她养了一只名叫"猪猪"的法国斗牛犬。她晚上写稿子，白天收拾家务，上上网，爬山散步或者出去会朋友。偶尔给杂志写写专栏，和男朋友过波澜不惊的日子，为朋友义愤填膺。每周去超市购物，偶尔去附近大学里听现代文学课，把鞋子拿到楼下的擦鞋店里，衣服放到干洗店里。阳光好的时候，牵着猪猪上山溜达。她常常兴奋，又往往因感动而落泪。

只要自己愿意，生活可以是任何一种形式，可以不争、不抢、不钩心斗角，可以简简单单，轻轻松松，欢欢乐乐。

比如全职太太只是一种状态，只是说法。不要探讨实质，有人说，婚姻就是男人女人合法合理地在一起睡觉而已，但男人女人在一起睡觉的很多，并不全是婚内。而且，很多婚姻里的男人女人即使拥有合理合法的共枕权，他们也失去了一起睡觉的兴致。陶子橙认为，探讨这样的问题实质让人丧失了寻找快乐的源泉。

接到报社安总编电话的时候，陶子橙和男朋友正在为女同事田薇"两肋插刀"。陶子橙因为男朋友的态度不够积极还臭骂了他一顿，男朋友只好乖乖地往前冲。

事情是这样的：田薇的老公康良在网上聊天时招惹过一个女人，结果被田薇发现后他准备仓皇退出却被那女人沾上了身。那第三者的行为理直气壮，仿佛自己做的是好人好事，是来挽救挣扎在婚姻泥潭里的康良的。田薇被第三者骚扰了一年多，再无法忍受，就求助了最聊得来也最义气的陶子橙帮忙出出主意，陪同她去找那个第三者面谈。陶子橙是欣然前往的。

由于她痛恨康良的行为，而更加坚定了要为田薇报仇的决心。

陶子橙说："这个康良，既不康，又不良。朝三暮四的男人最讨厌。不过，一个巴掌拍不响——男人女人都犯贱，才有婚外情这种事。"

好几天深夜，陶子橙开车陪着泪流满面的田薇去敲那个女人的门。不过，那第三者如同提前得到了消息般，要么不在宿舍，要么在宿舍里，根本不开门，不作声。

每次的结果都是，田薇如临场胆怯般拉着陶子橙走，而骨子里的"二"劲上来的陶子橙坚决不走，边拍门，边大喊："小三，有本事出来，当面对质，就只敢在背后犯贱？"

那天，陶子橙一边痛骂康良的嘴脸，一边安慰田薇的心灵，心里乱七八糟。如果婚姻里的男人都是这样喜新厌旧、负情负义，如果婚姻里的女人都是忍受至极、受伤如此，那她宁愿不结婚。


电话里安总编的语气很急切，说道："陶子橙，帮个忙，去趟东华市，写个重要的稿子。我知道你在休假中，但是你最合适写这类稿件。

这是我们的重要客户，假期后续再给你补上。"陶子橙欣然应允下来，因为，安总编素日里很照顾陶子橙，陶子橙对安总编也敬仰有加。因此即使是在假期，她也很自然地听从了安排。

事件很清晰：去采写一篇连载的长稿，地点在东华市。

对于东华市，陶子橙一切未知。

从心理归属上，她其实更期待这场为期一周的远行，以工作的名义逃离出去，把自己的身心放置到陌生的地方，也许会遇见另一个自己。以陶子橙的天资，采访只是她顺手而为就可以做到上乘的事。


和男友罗威相处了一年多，到现在已是波澜不惊，感情平淡无奇。虽然还未谈婚论嫁，但是彼此关系熟悉如家人，亲昵如兄妹，多了激情褪去后的平淡，少了爱情初见的心动。

陶子橙坚信，想到达明天，现在就要启程，只有自己能把自己带向未知的旅程。

所以，陶子橙坚定地踏上了深夜开往东华市的绿皮火车。

陶子橙准备离开的时候，罗威出差了。她发短信给他，他也没回。陶子橙只留了一张字条，就出门了。

于第二天清晨七点到达终点站的火车如同蜗牛，要在火车上度过一夜的陶子橙为了熟悉资料准备采访提纲，直到深夜两点才昏昏睡去，一夜微凉又难受。早晨七点钟浑身疼痛的陶子橙第一次站在了东华市的大地上。

身疲惫，但心不累。

东华市的美丽让陶子橙沉醉，宽宽的路面，清新的空气，湛蓝的天空。所以陶子橙总是微笑的面容，深吸一口气，空气中还略带一丝海腥的气息，这是海边城市独有的味道……

突然头发在脸上飞舞，发丝在脸庞鼻翼处跳跃着。一阵轻痒让陶子橙忍不住打了个喷嚏，风中也刮来了海腥的气息。陶子橙勉强睁开眼时，发现茉莉正把车厢窗户打开来透气，一边收拾行李一边喊陶子橙："橙子，你个懒虫，赶紧起来收拾洗漱，火车已经进东华市了，快到站了。"

"这么早，还不到七点，能不能别这样折磨人啊！"陶子橙懒散地翻了个身。

"那你继续睡吧，列车员会把你收拾到垃圾筐里的！"茉莉说道。

"对了，橙子，你那个东华市艳遇的男主角有没有说明白到底来不来接你啊？"芭蕉直接击中了陶子橙最要害的地方。

这句话的答案是未知的，但是最直接的效果是让陶子橙一下子从卧铺上坐了起来。

"许铎会不会真的来接站？"这个想法让陶子橙彻底清醒了。

## 3. 曾经熟悉她每一点气息，找到她有何难

绿皮火车终于在最后的咣当咣当声结束后，彻底到达东华市了。

陶子橙看了看手机，没有未接来电，没有微信消息，她舒了一口

气——只要许铎不出现，就可以让那个十年前的故事永不再见天日！虽然这样的想法略显恶毒，但至少让陶子橙落得内心踏实。

一如十年前的那天清晨，天高海远，云淡风轻。东华市的美丽还是让陶子橙莫名地心情极好，芭蕉和茉莉更是如此。除了陌生城市的新鲜感，三个闺蜜在一起，温暖了彼此的旅程。

云层通透，这使得阳光的穿透力毫无障碍，三个闺蜜几乎是全副武装：太阳帽、墨镜以及提前涂好的防晒霜。陶子橙心想，恰好，因为这样的太阳，才有理由武装到只露出嘴巴。其实，她内心隐隐地冒出了万一：万一许铎真的来接站，十年后，他也不会在熙攘的人群中辨认出武装到只露出嘴巴的我。

三个闺蜜随着人流出了车站，茉莉提议先打车去找酒店，到了酒店再制定具体行程。

依人流缓慢而行，陶子橙未拖行李箱的左手却被人从身后拽住了。她惊叫一声，另两个闺蜜半秒钟后也随着陶子橙同时跳跃尖叫！

陶子橙从恐慌中迅速镇定下来，芭蕉和茉莉看到陶子橙镇定下来，也随之明白了缘由。

"橙子，这一定是十年前那个故事的男主角吧？"芭蕉快嘴问道。

男人的眼同样掩藏在墨镜下，喷过发胶的头发根根分明。他略歪着头，嘴角上弯，一副骄傲的微笑表情。

陶子橙不置可否。

茉莉和芭蕉有些不知所措。

气氛有些尴尬。

"橙子，别愣着了，你该给我们互相介绍一下。"茉莉率先打破了尴尬。

陶子橙仿若刚刚回过神来，"这是我的闺蜜芭蕉和茉莉，这个是我一个……在东华市的……十年前的……一个……朋友。"一时间，陶子橙好像不知该如何界定眼前的这个男人。

"我是许铎，是陶子橙的故交，一个老朋友，对吧？"男人接过陶子橙的话茬，自顾介绍自己。然后他看向陶子橙，似乎在征求陶子橙是否同意他的说法。

"走吧！上我车。"互相打过招呼后，许铎立即拉过陶子橙和茉莉的行李箱带着三个女人向自己的车走去。

"许先生，来接橙子，怎么也不事先给她打个电话？"正因为有了快人快语的芭蕉，车内的气氛才不至于再次尴尬。

"我发微信告诉她了。"许铎回答得简洁。

陶子橙想，他还是如当年那样自我，自行决定后，仿佛全天下都要唯他马首是瞻。

"许先生，你蛮厉害的嘛！人群中竟然找到了橙子。"茉莉接道。

"曾经熟悉她每一点气息，找到她有何难！"许铎慢条斯理地说着，仿佛丝毫不在乎这句话在车内的爆炸力量。

这话让茉莉很诧异，让芭蕉很兴奋，让陶子橙很愤怒，"注意你的言辞，你可是第一次见我的朋友！"

"这直入主题的方式太刺激了，你们俩发生过什么啊？"此刻的芭蕉满脑子都是探究故事的欲望。

陶子橙嗔怒道："芭蕉，你闭嘴，好不好？回头我跟你俩说。"

坐在副驾驶的陶子橙怎么也没想到，十年后，以这样纯粹直接的方式再次接触到了许铎。真的还是应了那句人生感悟——"只有自己能把自己带向未知的旅程。"

陶子橙担心的是，许铎的出现，会让这次旅程变得更加未知。

因为十年前，故事的发生，一切就是因为他。

## 4. 与一个男人这样遭遇，还是让陶子橙不知所措

十年前，站在东华市土地上的陶子橙因为天空的澄明而心情美好，所以，陶子橙总是面带微笑，当然见到采访对象的时候也不例外。

按照行程安排，在当地记者站同行范一佳的引导陪同下，陶子橙下了火车，直接奔赴采访地点。

范一佳比陶子橙晚一年进入报社，当时各地记者站统一招聘人才，初试、复试后需要到济南报社总部统一面试。范一佳是属于那种自来熟的热情性格，加之长相姣好，而且她的意愿是经营岗位，所以，报社领导当即拍板让她到东华市记者站专刊部任职。

作为那场招聘会唯一一个当场拿到面试结果的报社新人，天生自来熟的范一佳到报社每个部门都跑了一圈。到编辑部时，她如一只欢腾的鸟儿，直接雀跃到编辑部主任桌前自我介绍一番。而此时的陶子橙正在主任面前汇报一个选题的结构，也只好面带微笑，对这位不速之客表示欢迎加入。

范一佳转头问陶子橙，"老师，请问您是？"

"哦！不用喊我老师，我是陶子橙。"陶子橙赶紧礼貌客气地推

辞掉老师的称呼。这是她们的第一次见面。在报社里,一般后入职的同事都会称呼老同事为老师。当然,在相熟之后,称呼也随之改变,除了那些德高望重和面相刻薄、难以接近的同事。

陶子橙与范一佳的接触不算多,除了年终大会和偶尔的工作机会见面,私交基本上没有多少。

这一次见面,范一佳还是惯常的热情,拉着陶子橙一直追问报社的人事变动消息。到了采访地点旭腾集团后,范一佳更是如鱼得水般,看得出来,她对采访对象及企业都比较熟悉。

和采访对象许卓——旭腾集团董事长交换名片,简单寒暄后,陶子橙被告知稍后安排采访。陶子橙要求在不影响许董工作的前提下,尽量跟随许董以便了解她的工作状态。

经过一年记者生涯的锻炼,陶子橙在第一印象里大致了解这个女人:这是一个端庄美丽的女人,一眼就看出她的卓尔不凡,眉宇间的大气注定了她今天的成绩。

安总编再次致电陶子橙,强调写这个人物时重点是把她的创业故事写得丰满。所以陶子橙从进到这个老总办公室的那刻起就察言观色,关注她的举动,聆听她的话语,注意她的工作安排甚至她口中提及的每个人。上午八点半,她安排了一个简短的会议。陶子橙请示,如果不牵扯到商业机密的话,她可否参加?

根据陶子橙自己对细节的观察、他人的讲述以及许董的只言片语,她了解到许氏家族的四姐弟分别掌管集团下面的不同公司,这是一个运作比较成功的家族企业。

第一次采访被安排在当天上午的九点半,怕在办公室里采访被打扰,陶子橙就听从许董的意见,一起到了另一个地方——一座高层建筑的 17 层楼，看样子不是茶馆或会所。

在打开那扇门之前，陶子橙一无所知。只是等待一个漫长故事的开头，她该如何被这个故事吸引，她该如何用文字的砖瓦将这个故事的城堡慢慢构筑。

门开启，陶子橙低头随着许卓进入。抬头时，她却见一个穿着睡衣睡裤的男人正在刷牙。

陶子橙窘迫、纳闷至极。

许卓一愣，看样子，她也没料到这一幕。但她很快转换表情对陶子橙介绍说："这是我弟弟许铎。在我们集团旗下分管餐饮，没想到他昨晚住在这里。抱歉，陶记者。我是觉得这边临海又安静，适合我们聊天、喝茶，所以选择了这里，平时不怎么有人住这里的。"她接着对那男人说，"这是从济南过来的记者陶子橙。我不知道你住这里，所以直接开门进来了，你怎么不住自己家里？你……你自己？"

气氛略微尴尬，这个男人的出现与陶子橙即将开始的采访显得那么不相适宜。陶子橙不知该不该和这个男人握手，因为他满嘴泡沫，满手是水，而且，他穿着睡衣。

虽然各种场合见惯不怪，但与一个陌生男人这样遭遇，陶子橙还是有点不知所措了。而且许卓有意问他"你自己？"言外之意是怕有别人，直接挑明就是怕他带了别的女人住在这里。

这个男人看起来三十多岁，睿智的眼神中略带邪气。许卓介绍陶子橙时，他也没有停止刷牙，只是点头示意，顺手做了个请坐的姿势。

既然这样，陶子橙也无需多言，只是点头致意之后，便随许卓落座。

在这座海景住宅的落地窗户边，米棕色的窗帘随风摆动。窗外，海天一色。她们坐在落地窗的阳台的米色沙发上，陶子橙陪着许总追忆故事，忆苦思甜，相谈甚欢。

面前的花梨木茶几上，两个玻璃杯里欢腾着被浸泡到刚刚好的崂山绿茶，茶香弥漫。

尽管是随意聊天，但聪慧过人、过耳不忘的陶子橙凭借职业习惯，还是悄悄把握了交谈的主动权，甚至有意无意地对交谈逻辑做了适当的调整与指引。

直到午饭，她们的交谈被打断。

原来，这个叫许铎的男人一直在这里。

一起吃午饭时，陶子橙就坐在许铎左边。许卓夸赞陶子橙聪明的时候，许铎正坐在陶子橙右边。

曾经，有很多人坐在我们的左边，或者右边，或者对面，但谁也不知以后怎样，十年修得同船渡，百年修得共枕眠。起身之后，谁能再有心等待下一个十年和百年。

## 5. "许铎为什么还没结婚？" "因为离婚了。"

下午的聊天继续在这个 17 楼。

许铎依然在。陶子橙也偶尔思想游离，她不明白这个男人怎么会一整天都不离开，难道不需要去工作吗？

约两个小时后，一个紧急电话，让许卓不得不赶回公司。

临离开前，许卓问道："许铎，看你今天不打算去公司了，是吧？"

"嗯？嗯！不去了。"许铎支吾着。

"我有点急事回集团那边，那你先陪着陶记者，可以继续聊一下我们的企业故事。"许卓走到门口，又回头嘱咐说，"对了，你可以请范一佳记者过来陪着陶记者，晚上记得替我请陶记者正式吃顿饭。"

许卓走后，陶子橙依旧抱着笔记本电脑，她期待着许铎继续和她聊这个主题故事。

"你怎么会来这个房子？"许铎直接发问。

这样的提问让陶子橙满脸茫然。

"你知道吗？这个房子我是准备结婚住的。"许铎继续问。

陶子橙继续茫然。

"我不允许其他女人进入这个房子，除非是我的结婚对象。你知道吗？"许铎依旧咄咄逼人。

陶子橙开始有点恼怒。她想说四个字"无理取闹"，还想再说四个字"岂有此理"，但都一忍再忍，三缄其口。

"对不起，告辞。"陶子橙勉强说出了五个字，收拾东西，拉着行李箱准备离开。

"生气了？我要是说，我是跟你开玩笑呢？看你和我姐聊了快一天了，让你换换心情。"许铎突然换了口气。

"许先生，我跟你不熟悉，开这种玩笑欠妥当；若非采访，我也无意来此打扰。"陶子橙回敬道。

"是。不熟悉，所以，我打电话喊你熟悉的范一佳过来。"许铎边说着边翻手机通讯录。

陶子橙听许铎打通电话后，约范一佳五点在楼下等着，然后又开始说一些平时报纸广告合作的事情，已经聊了十几分钟了。陶子橙无意听他的工作内容，现在距离五点还有一个小时的时间，趁他煲电话粥，她清闲片刻。

陶子橙窝在沙发里，抬眼看海，真的是无比惬意的事情，海子的诗句"面朝大海，春暖花开"，不过就是陶子橙目前正在享受的良辰美景。这样的美好让陶子橙心情舒畅，面带微笑。

虽心情美丽，脑袋却是昏昏沉沉像灌了水银，毕竟一夜的火车让她精神不佳。客厅那头，许铎依旧在讲着电话。陶子橙不想多招惹他，还是边欣赏海景边整理一下思路。

海的海绿色，是陶子橙最喜欢的颜色。回想当年，陶子橙只因"海绿色"灵感来袭，就写了一篇小说。沙滩上游泳的人不少，各种颜色的泳衣和泳圈是纯然大海最相得益彰的点缀，几叶白帆在微波的海浪里飘摇。这样的微波最好，如果乘一艘小船，荡漾在大海里，真是一桩美事。偶尔还有几声轮船的汽笛声从窗外飘进来，长长的，略微刺耳。

陶子橙经刺耳的笛声一刺激，突然睁开了眼睛。此刻，一张脸正对着她。"啊！"她本能地惊叫并从沙发上跳了起来。

"还有人笑着睡觉的？看来刚才的梦很美啊！"许铎坏笑着调侃道。

"不好意思。"陶子橙尴尬无比。一是为自己睡着了而尴尬，二是实在不知道自己的睡相有多傻，三是竟然在一个陌生男人面前睡着了。

"你竟然在我准备结婚的房子里睡觉！"许铎突然变脸，又开始回归到刚才的话题上。

"我说了不好意思了，我马上离开。真的抱歉！"尴尬的陶子橙这次真的拉起行李箱夺门而出。

在 17 楼电梯门开启前，许铎却已经出门与陶子橙并肩站到一起，并顺手拉过了陶子橙的行李箱。

"范一佳到了。"许铎边说边拉着行李箱进了电梯，容不得陶子橙半句辩解与拒绝。

三人会面后，许铎驱车带陶子橙、范一佳去饭店吃饭。汽车绕行在海边公路上。

期间，陶子橙悄悄问范一佳，"许铎为什么还没结婚？"

"因为离婚了。"范一佳悄悄回答。

# 6. "你是故意设局主动联系我的吧？"

"离婚了？！怪不得如此神经质。受过刺激的人才这样反复无常。"陶子橙内心暗暗地想，"他一定是个朝三暮四、花天酒地、喜新厌旧、不懂真爱、敷衍女人的花花公子，有钱的男人没几个好人。"陶子橙很佩服自己，一时间脑子里竟然涌上来这么多恶毒的词语来形容这个出言不逊、得罪自己的许铎。

这种默然的言语报复让陶子橙很开心，终于疏解了自己的郁闷之气。于是，她禁不住靠在车玻璃上面若桃花、略带笑意。

"笑什么啊？"范一佳问。

"这位陶橙子小姐确实很爱笑啊，连睡觉都在笑。"许铎从后视镜里瞥一眼后座上的两位女士，悠然地说道。

这句不经意的话，让范一佳愕然，"连睡觉都在笑？许总，您怎么知道？"

这句不经意的话，更让刚刚放松下来的陶子橙满脸涨红。但是碍于范一佳在场，总得保全许铎的面子，不能太言语失礼，她只好勉强支吾道："许总，您别开玩笑了。还有，我的名字叫陶子橙，不是陶橙子，熟悉的人会直接叫我橙子。"

"陶子橙，橙子，这有什么区别吗？"许铎继续无聊追问。陶子橙也不再继续接茬了，她感觉到他是在故意调侃。范一佳只笑不语。

许铎在临海一处幽静的原生态木头房子前停好车子，示意晚餐就在这里。

范一佳问："许总，怎么不在您自己的酒店吃饭呢？"

"这样才显示出我要请陶橙子记者吃饭的诚意啊！况且，许董特意叮嘱了要正式地请陶记者吃顿饭。"许铎故意把"正式地"三个字说得语气很重，然后漫不经心地边说边锁车，并示意两位女士里边请。

这是一处特别的境地，若非专人引领，很难想象这里会是餐厅。环视一周，陶子橙想，除了精致的餐盘器具，这里更像是海边的原始热带雨林部落。

除了素日喜欢的蓝莓山药和白灼芥兰，陶子橙并未再点其他菜品；范一佳只点一个烤乳鸽，其余的海鲜、牛肉、红酒、甜品都是许铎点的。

三个人而已，大小十几盘，满桌佳肴，大有些"满目山河空念远"的意味。陶子橙想：如果许铎用点餐多少来体现他的热情，那他做到了，只是可惜了这满桌美味，凭他们三人，怎能吃完？但既来之，则吃之，管他如何神经质，管他称呼我陶子橙还是陶橙子。

许铎提议喝点红酒，陶子橙本想拒绝，但是范一佳也随之附和："橙子，这酒必须得喝。第一，你第一次到我们东华市出差；第二，来采访我们当地如此有名的企业，而且，人家许总亲自请客；第三，人家旭腾集团马上就要十五周年庆典了。你这次来的可真得很巧哦！所以，一起干个杯吧！"

许铎也正式拿出名片来说："陶记者，正式认识一下，我是旭腾集团的副总，许铎。"

话已至此，于情于理，陶子橙都得喝酒，为了初来乍到，为了初识，为了盛情，为了十五周年。所以，与许铎交换名片后，陶子橙将小半杯红酒一饮而尽。

"橙子，旭腾集团的十五周年庆典就在后天，你也参加吧？"范一佳问。

"不需要我去吧？我还是赶写稿子吧！"陶子橙并不太确定地说。

"肯定需要参加的！你的任务是采访许董，最好是多跟随许董的行程，尤其是对我们集团来说这么重要的活动。"许铎赶紧补充道。

饭饱酒毕，范一佳邀请陶子橙今晚暂住她家。陶子橙方才想起，从下火车就奔赴旭腾集团开始采访，直到现在都没有时间去找住宿的酒店。

许铎也赶紧接过话去，"酒店肯定是我来安排，一会我就把陶记者送过去。"

范一佳说："今天这么晚了，橙子又喝了酒，就让她今晚暂时住我家吧，而且我还有事找她商议呢！"

陶子橙本想婉拒，毕竟住到人家家里不太方便，而且，和范一佳只是普通同事关系，还不至于熟识到可以登门住宿的程度。但是，她知道范一佳的心思，她一直想着调回报社总部，这从白天她一直追问报社的人事变动消息就可以猜得出来，或许想向自己打听更多东西吧。一想到还要单独面对神经质的许铎，陶子橙还是决定了今晚暂住范一佳家里。

"那真的给你添麻烦了，一佳，谢谢啦！也谢谢许总的款待，还得麻烦您把我们俩送回去。"陶子橙同时对范一佳和许铎说着，同时表达着谢意。

也许，这个决定并不在天意安排之列。当进入范一佳家门之后，陶子橙才发现自己这个决定多么糟糕——面对着坐在客厅里看电视的范一佳的老公，满身酒气的陶子橙很是尴尬。当她发现自己的行李箱还在许铎的车后备厢里时，陶子橙终于找到了必须离开的理由。

时间已是晚上十一点，她找出名片，想打过去，但考虑到时间太晚，还是发了条试探性的短信，"不好意思，您睡了吗？"

许铎的电话立即打回来。

"真的抱歉，我的行李箱还在您车子后备厢里。所以，麻烦您来接我，然后把我送去酒店，可以吗？"陶子橙懦懦地说着。

十五分钟后，许铎出现在范一佳家楼下。满怀歉意、万分感谢的陶子橙刚一上车，就被许铎没来由的说辞堵得百口莫辩。

"陶橙子，你是故意设局主动联系我的吧？"许铎突然又变得神经质了，蛮横地发问。

这一句话令陶子橙不知如何作答，因为她绝对不是故意——赶一夜火车，采访一天，红酒微醺，脑子迷迷糊糊，陶子橙真的早就把行李忘得一干二净。可是现实情况却是因为行李忘在许铎车的后备厢里，而让陶子橙主动联系了许铎。

因为疲惫导致的委屈，因为被冤枉，因为酒精的作用，素日伶牙俐齿的陶子橙这次竟然一时语塞，两行清泪流下来。

## 7. 你想温柔豢养，我却眷恋太阳

"橙子！橙子！发什么呆？我觉得你这次出游，自从和这个许先生扯上联系，总是在思想游离呢！"茉莉拉了拉陶子橙的胳膊。此时，许铎开着车拉着三个闺蜜行驶在海滨公路上。茉莉说："想什么不着边际的事情呢？还是赶紧想想怎么给我庆祝生日啊！"

"茉莉小姐今天生日吗？作为东道主，我来安排生日晚餐吧！喜欢吃什么？"许铎接过了话。

"我觉得，我们橙子这次旅途的兴致因为你而略微扭曲了。许先生，或许，她回想起了过去你们的故事而不能自拔。是吧，茉莉？你看出来了吧？"芭蕉继续边说着，边摇晃着橙子，"橙子，我们是闺蜜三人组啊，你可别不能自拔，别重色轻友啊！"

"别那么上纲上线的啊！还不能自拔、重色轻友！我重什么色？轻哪个友啊？"陶子橙嗔怪快嘴的芭蕉。

"重这个色，轻我这个友！"芭蕉故意指了开车的许铎，又指了自己。

"那我来重你这个友！要拥抱还是要亲吻？"陶子橙边说边向芭蕉挠去，三个闺蜜在后座笑成一团。

汽车停在一座比较高档的酒店门前，从车窗望出去，就可以看到这是一处僻静的海湾，波涛不惊，绿叶掩映。"如果你们没有特殊安排的话，就请三位女士下榻在这里吧！"许铎提示着后座依旧笑闹的三个闺蜜。

"啊？你既要请吃，又要请住啊？靠海的酒店，是我喜欢的。但是，我和茉莉与你不太熟悉，我们不能擅自决定。要不要接受你的盛情，我们是以陶子橙马首是瞻。"芭蕉快语说着。

"橙子，不要多虑，作为十年前的老友，这次尽一下地主之谊，也无可厚非吧？况且，你的朋友，我一定要好好招待的！这里你也熟悉，现在也是我们集团旗下的酒店了。橙子，带着朋友好好在这里住着玩玩吧！"许铎试图说服陶子橙。

陶子橙纠结了。

如果答应了，就默许了这次的旅程将会和他扯上更深的关系；如果不答应，就怕许铎和闺蜜都会认为她陷在过去的故事里，依旧无法释怀。

虽然建筑外观和装修风格都改变了，但陶子橙还是辨识得出，这就是十年前她住过的酒店。住在老友许铎安排的酒店里，事情本身是友好的、客观的，但是，陶子橙怎么感觉这一幕和十年前那么相似。


十年前的陶子橙是流着眼泪，坐在许铎的车里，去找一处落脚的酒店，时间是将近凌晨。

陶子橙的眼泪让许铎很慌乱，仅仅认识这位远道而来的女记者才一天的时间，已经见识了她的干练、惊愕、睡觉、高兴、哭泣等各种情况。"哎呦，身经百战的女记者女汉子，怎么哭上了？哪句话不妥，我收回，马上就送你到酒店了。"许铎这次的语气里没有了锋利的锐气，完全是试图讨好。

"我就是来采访旭腾集团的，目的就是这么简单唯一，你凭什么对我那么针锋相对？凭什么说我故意设局联系你？"陶子橙越发觉得这个男人自以为是不可理喻，越想越委屈，竟然哭得更加厉害了。

就这样，一个长发低垂抽泣着的女人，一个满脸歉疚拖着行李箱的男人，于凌晨十二点在酒店服务人员异样的眼光里入住了东华市最著名的悦海湾酒店。初来乍到的陶子橙不明就里，但是酒店的人几乎都认识这位在东华市小有名气的旭腾集团的副总许铎。

正当酒店服务人员面面相觑，准备偷偷猜测各种版本的八卦故事的时候，许铎又从大堂匆匆走过，离开了酒店。

事实是，当许铎拖着行李箱进了房间，试图准备向陶子橙解释、安慰几句的时候，陶子橙突然警觉起来，立即把许铎推出了房间。

"陶橙子，你别把我当豺狼虎豹似的，这么有敌意干吗？"许铎着急地隔着门喊道。

"面对你这么自以为是的人，我当然有敌意！我还害怕你故意给我设局呢！"陶子橙哭完之后，阴霾的情绪一扫而尽，立即来了战斗的精神。"以其人之道，还治其人之身。"反正已经把许铎推出了房间，陶子橙觉得没来由地安全。

许铎刚想辩解几句，但是考虑到夜深人静，站在酒店走廊里隔门喊话，实在是有失身份，只好悻悻离开了。

开车夜归的路上，许铎回想起这一天认识陶子橙的经历，不免觉得又特别又好玩。因为对这位女记者的兴趣，他竟然一天都忘记了工作。"是的，我有点喜欢这个女人。"许铎这么想着，脸上坏坏地笑着，顺手拿起手机发了条短信过去——"我感觉挺喜欢你的！"

房间里正准备喝水的陶子橙一看手机差点呛着，略一思考，她回复过去，"你就继续设局吧！本姑娘见招拆招。"

"我说真的，陶橙子，跟了我吧！你都进了我的婚房，而且在我婚房里睡觉了。"许铎继续坏坏地笑着，回了条信息过去。

这条信息又差点让陶子橙呛着，"这是一个什么样的男人啊，神经质、不正常、没逻辑、自以为是、目中无人、傲慢无礼、花花公子、喜新厌旧。"陶子橙自顾嘟囔着，依旧使用内心报复法，把许铎臭骂一顿。

然后，陶子橙不失优雅地发了一条很文艺的短信结束了今天和许铎的对话："你想温柔豢养，我却眷恋太阳。本姑娘心有所属，无暇与你玩闹，谢谢垂青，晚安！"

## 8. 你能像其他正常女人一样吗？我请你纠缠我！

这一夜，陶子橙与许铎各有心事。

许铎确定，他对陶子橙这个女人有兴趣，这是一种想要征服这类略有姿色的高智商女子的快感作祟，他在思衬着下一步的"招惹"计划。

陶子橙疑惑，为何这个初次相见的许铎会与自己针锋相对？她和他，前半生无交集，后半生也不会有碰撞，唯一的兴趣点就在于见面方式的特殊和他离婚的原因。

"兴趣？"一想到这两个字被自己的思维用诸许铎这个神经质的男人身上，陶子橙不禁一颤。她命令自己就此打住，还是赶紧给男朋友打个电话，忙碌一整天，到现在都没有时间联络男友罗威。

电话拨出，话筒里传出的"移动全时通提醒您，您拨打的用户已关机。"击中了正期待甜蜜一刻的陶子橙。陶子橙心想，他对自己一点儿都不关心——她出差异地，一天之内他都没有主动电话或短信关心一下！他竟如此不在乎自己，这种漠不关心和忙碌无关。

无比失望的陶子橙，一天的劳累、郁闷再次袭上心头，委屈的泪水在眼窝里打转，本想将满腹的怨气与指责编辑一条短信发给男友罗威，但是，执拗的陶子橙想，你不在乎我，我也冷落你。

于是，睡觉。


于是，如果和许铎的故事在十年前仅仅到此为止，那么十年后的这次东华市之旅也不会变得如此未知。


眼前的这座酒店在被旭腾集团收购后，更名为"揽海"。安排好闺蜜三人的酒店后，许铎说："你们回房间稍事休整一下，我回公司处理些事情，中午十一点半过来陪你们吃午饭。好吧？橙子，你想想喜欢吃什么。晚上我来安排给茉莉庆祝生日。"

安排完毕，他开车离去。

"哇哦！免费食住行，好幸福的旅程啊！橙子，谢谢你啊！看来，在各个城市都储备一个自己的编外男人是个不错的事情。"芭蕉开玩笑道。

"你俩储备吧，我跟着沾光就行了。"茉莉跟随芭蕉的话题。

陶子橙但笑不语。

突然芭蕉提高话语分贝，叫道："关键问题！关键问题！"这一叫，陶子橙和茉莉都紧张地看着她。

只见芭蕉眼神诡异，表情调侃，边走边说："两个房间，咱们三个人，怎么分配？茉莉，识趣点，你陪我睡吧！给橙子和那个编外男人留点机会。"

说完，三个人在酒店走廊里大笑。陶子橙又趁机去打闹芭蕉，茉莉也趁机把房卡塞到陶子橙手里，随着芭蕉进了房间，把陶子橙关在了门外。

"喂，你们两个背叛我啊！我要和你们挤在一起睡。"陶子橙在走廊里拍着门大喊着，但是在里面笑闹不止的芭蕉和茉莉并不打算给她开门。芭蕉说："我们会给你保密的，不告诉张东扬哦！不必感谢了！哈哈哈！"

"我怎么这么交友不慎！你们两个没良心的。"陶子橙依旧在门外嗔怪。

"好了，我们不闹了。"茉莉打开门，和陶子橙说，"你赶快回房间，我们都洗个澡，稍微休整一下。你不是答应了那个许铎来和我们吃午饭吗？"

茉莉的理性总是很快让陶子橙镇定下来，很多情况下，茉莉在场，就是陶子橙的精神依靠——她会判断、分析而决定如何行动；而芭蕉与陶子橙，在很多性格上类似，芭蕉甚至比陶子橙更多了些邪恶与古灵精怪，只要陶子橙遭人欺负或遇人不淑，芭蕉是不分青红皂白、不分好坏、不加分析而一定与陶子橙统一立场、同仇敌忾的。物以类聚人以群分，这就是死党、闺蜜加挚友。

陶子橙乖乖地回隔壁房间准备洗澡休整。水流哗哗，正洗澡的陶子橙想着芭蕉说的话，突然不知所措。万一许铎来到房间，发现她自己住，会发生什么。

因为有了十年前的故事，陶子橙和许铎之间的关系并不单纯。十年前，他们真正发生些什么，是从第二天傍晚开始的。她以为，这些记忆会在岁月的迁移中渐渐褪色，但是，那些残存记忆的枝蔓却如同南方的炎热天气，湿漉漉地黏附在心里。


十年前，东华市第二天，陶子橙一早就被旭腾集团董事长许卓的助理接到了集团公司。这一天的采访是在许董的办公室进行的，采访中夹杂着开会、请示、汇报等等。因为明天就是集团十五周年庆典，分公司来请示汇报的格外多。许卓是那种雷厉风行、精明强干、和员工平和相处的女企业家。午餐时，陶子橙跟随她去员工餐厅吃饭，每个人都很自然地和她打招呼。

下午来汇报的人中，有许铎。他进门，与陶子橙对视一眼，陶子橙赶紧低下头假装整理采访笔记。简单地汇报后，待出门时，许卓喊住了许铎。

"许铎，晚饭还得麻烦你带陶子橙记者去吃，我晚上有重要安排。你可以叫上你二姐、三姐，让她们把他们负责的公司情况和陶记者介绍一下，这样有助于陶记者了解我们集团企业和我们家族的创业故事。"许董边说边转向陶子橙，"陶记者，不好意思，今天晚饭又不能陪你。马上就是集团十五周年庆典，事情太多了。庆典酒会明天下午四点开始，你一定要来参加！"

时间已经是下午四点半，陶子橙收拾东西跟随许铎走出许董的办公室。

"麻烦您送我回酒店，晚饭我不想吃了。"陶子橙礼貌客气地拒绝。

开着车的许铎略带得意的神情，"陶橙子记者，这不是你想不想的问题啊，我的另外两个姐姐要来陪你吃饭的——是"另"两个许总，这是你的工作！"

"啊！那好，您忙您的，我自己和这两位许总吃饭就可以。"陶子橙赶紧挑明。

"恰好，今晚我不忙，我得全程陪同陶记者您和两位许总。"许铎说着，"再说，怎么感觉你总把我当牛鬼蛇神啊！我不就是说了有点喜欢你嘛！"许铎的言语继续调侃。

"你正常点行吗？许总。"陶子橙开始严肃起来。

"你正常点行吗？陶橙子，我喜欢你怎么了？我认识的其他女人都想尽办法接近我，你别假清高行吗？我请你纠缠我！"许铎的话无理取闹又略带霸道。

"你！"陶子橙一时语塞，不知该如何应对这个自以为是的男人。

## 9. 一切就在此刻，许铎得到了陶子橙，从身体上

面对许铎故意为之、咄咄逼人的调戏，正当陶子橙觉得尴尬，无法应对时，许铎的手机响了——陶子橙舒一口气。

"你好！哦！……是吗？……她在我车上。那你也过来吧！布诺餐厅。"许铎挂了电话，转头说，"范一佳也要过来，说找你有事。对了，你不接手机，所以，她通过我找你。"

陶子橙下意识地低头从包里找手机，长发散落在包上。她边找边自言自语："不可能不接手机啊，静音了还是没电了？我都是 24 小时保持电话畅通的，怎么没找到呢……"

"你是不是落在酒店房间里了？需要回去拿吗？"许铎提醒，然后顺手帮陶子橙拢了一下头发。

"干什么！"陶子橙本能地打开许铎的手，厉声说，"不需要。"许铎略微占便宜后得意地笑着，加快车速直接开往布诺餐厅。

陶子橙确定是把手机落在房间里了，因为一天都没有手机动静。由于采访安排得紧密，她并没有意识到手机是否在包里。早上许董派助理接她时，她刚洗漱完毕，匆忙得连早餐都没时间吃就直接去旭腾集团了。

其实，此刻，她最介意的是，男友罗威是否着急找她，手机上是

否有很多未接来电，是否有很多表达焦虑与想念的短信。陶子橙很期待，想立即回到房间打开手机去揭晓这个答案。

内心着急如火，表面淡定若雪。陶子橙只得努力逼迫自己把这个想法劝退，还是回到眼前，时刻准备应对这个不按常理出牌的男人，还有即将出场的旭腾集团的两位其他创业人物。

事实上，今天的晚宴还算和谐。大概由于许铎的两位姐姐在场，许铎的表现还合乎商务应酬的风范。陶子橙尽量避免与许铎对话，几乎全程都在做一场非正式的采访。范一佳的表现倒是可圈可点，每一次举杯敬酒的时机都恰到好处。

晚宴结束，陶子橙礼貌客气地与两位许总道别，其实内心已是急不可耐。怕许铎节外生枝，陶子橙赶紧提出让许铎先送她回酒店。碍于范一佳在场，许铎只好答应。

跑进房间，看到手机的那一瞬间，陶子橙的表情慢慢地由希望转为失望，由高兴转为伤心。因为手机上十几个未接来电中，她所希望看到的"罗威"仅有一条，而且他并未发短信给她。

来到东华市的整整两天，仅有的这一条"罗威"的未接来电尖锐地提醒着陶子橙：这个男人并不在乎你。

"他是从什么时候开始不在乎我的？是不是因为相处的日子太平淡无奇了，我们都忽略了对方？"陶子橙自己思索着他们这两年多相熟如家人、亲切如兄妹般的关系，"即使是在我的年假中，我们都没有兴趣计划一场旅行，而是自己毫不留恋地逃离出来接受了这份临时的采访任务，看来我们都忽略彼此太久了。"

陶子橙决定给男友回个电话，但是第一次拨通，未接；第二次拨通，未接；第三次拨通，还是未接。

再也无法理性，再也按捺不住，陶子橙哭了。他是故意不接？他是不是也有了新欢？想起自己义愤填膺地去帮助朋友处理第三者事件，而此时自己的委屈却无处可诉、无人问津，原来自己是最可怜的人。

夜深时分的滨海公路，许铎开车送范一佳回家。"范记者，你不是说找陶子橙有事吗？"他冷不丁发问。

范一佳略微迟疑，赶紧说："是啊！可是刚才吃饭时没好意思打断她和两位许总的谈话，结束后她又着急回了酒店。"

"那你可以电话约她出来，我再陪你们去喝一杯啊！"许铎提醒范一佳。

"是吗？是啊！"范一佳突然没来由地很兴奋，立即拨打了陶子橙的电话，"橙子，还没睡吧？我还找你有事呢！再出来一起喝一杯吧？"

接电话的陶子橙极力掩饰着自己的悲伤，她本来极其厌烦在这种伤心孤独的时刻被人打扰，但是一想，何不去借酒消愁？买醉是一种可以慰藉自己心灵的报复方式。喝酒可以忘记伤心、忘记孤独、忘记委屈，陶子橙答应了范一佳的邀请。

等到酒店楼下发现范一佳是和许铎在一起时，陶子橙已无法反悔，只好硬着头皮上了许铎的车。

被忽略太久就需要释放，因为预谋着一场报复与放纵，所以陶子橙晕醉得毫无保留。残存的一丝清醒提示着她，只要始终抓住范一佳的手，就可安全抵达酒店房间。范一佳和许铎面面相觑，都很诧异于陶子橙疯狂喝酒以及酒后痛哭的原因。

当又一次哭完略微睁开眼睛时，紧抓着的手突然松开，又感觉到自己是躺着的。陶子橙残存的清醒再次战胜了酒精的迷醉，她辨认出了眼前的人是许铎。陶子橙惊得忽地坐起来，但是身体不听使唤立即又倒下去。

"许铎，你，抓我手干什么？"陶子橙勉强地说出这句警惕的话。

"陶橙子，看清楚，是你抓我的手！"许铎还是调戏的口气。

"你，在这儿干什么？"陶子橙边说边坐起来，推他出去。

"看过你睡觉时微笑，我在这再看看你睡觉时哭啊！"许铎边扶着摇晃的陶子橙边开玩笑说，"说说为什么哭啊？还是本来就酒风不好？"

陶子橙继续摇晃着推他出去。

"到底为什么哭啊？关心你还不领情。"许铎正色说道。

"为什么哭"这句话却正好击中了陶子橙内心最柔软的部分。总算是有个人来关心自己，摇晃的陶子橙哭着坐到了床上。

"失恋了？天下男人多得很。这不，还有我喜欢你嘛！"许铎适时坐在陶子橙身旁，拢了拢陶子橙的头发，揽过陶子橙的头靠在自己肩膀。

晕醉的陶子橙心里还是清楚的，她不能接受。但是酒醉心迷，让陶子橙接受了这个男人的肩膀——她不是受人冷落的陶子橙，至少这个男人此刻说喜欢她。

待到许铎的嘴唇吻上来，想要挣扎的陶子橙却是力不从心。摇晃的身体、迷醉的模样、凌乱的长发，更加刺激了许铎想要得到陶子橙的欲望。

许铎抱起陶子橙，放在床上。陶子橙没有觉得突然，但是她不习惯。

很长时间，她的身体只有一个男人抱着，这个人不是现在的许铎。

陶子橙想做此刻的逃兵——"不要！"她使劲推开吻上来的许铎。

但是许铎把陶子橙抱得更紧，继续吻着。这种狂吻的力量使得陶子橙既害怕又享受，既窒息又兴奋。她想到，罗威已经不会这样吻她了，甚至每次做爱都是例行公事的表演，今夜也许他正在吻着别的女人。想至此，流泪的陶子橙没有再拒绝许铎。

得到陶子橙回应的许铎更加疯狂，他从见到这个女人的第一眼就想得到她。就如此刻般，他迅速脱去了陶子橙的衣服，进入了她的身体。

那天晚上，许铎和陶子橙两次翻云覆雨。陶子橙已经许久体会不到这种激情了，这是和罗威交融时不同的感觉。她在许铎进入前清醒地知道她不该这样，激情褪去后的陶子橙觉得充满了负罪感——难道两年的感情就被这两天的激情打败了吗？她不知道该不该原谅自己。

似乎之前所有的情节都是废话，所有的场景都是拖延时间，所有的吃饭喝酒的过程就是在铺垫。

一切就在此刻，许铎得到了陶子橙，从身体上。

## 10. 站在爱情的岸边，看看谁先陷进去

房间电话铃响，回忆中的陶子橙被拉回了现实。

其实，陶子橙很讨厌现在的状态：许铎的过分热情、芭蕉茉莉的

轮番盘问、自己的思想游离。她喜欢简单自然按照时间顺序发展的生活，而突然从微信里蹦出来的许铎改变了她和茉莉、芭蕉东华市之旅的行程，搅乱了她的心情。

再次见到许铎，十年前的故事如俏皮耍赖的精灵般不经意间一点点崭露头角。陶子橙决定，一定要把这个故事原原本本地告诉芭蕉和茉莉。

但是，此刻，电话铃响，看时间估计是许铎打来的。陶子橙接听电话，果不其然。但是许铎抱歉地说："中午有紧急事情要处理，无法陪你们吃午饭了。你们自己在酒店吃饭就可以，晚上我安排给你闺蜜过生日，就这么定了！"

本想推辞拒绝的陶子橙话未出口，许铎已经挂毕电话。

"还是这么自以为是！"陶子橙嘟囔着。也好，这样她就有了半天的时间接受芭蕉和茉莉的拷问。

收拾完毕的陶子橙赶紧给隔壁房间打电话，"亲爱的，五分钟后出门吃饭。许铎不过来了，咱们自己吃。"

"那个许铎先生不过来了？其实，我们三个人吃饭更放松更自在。"三人见面后，茉莉说道。

"趁那个编外男人不在场，你赶紧交代你们的故事。我要听直接的，有没有床戏？床戏！"芭蕉坏笑着，直言不讳。

"你个死芭蕉，小点声，这么色情呢？"陶子橙说着赶紧去捂芭蕉的嘴。

"你要不说也可以，晚上我直接让你和那个编外男人给我演床戏。"芭蕉继续故意开玩笑。酒店一楼西餐厅里已经有人向三个女人这边张望。

"你这么爱看床戏，我直接去和你演得了。"陶子橙接话。

"吃饭也堵不住你俩的嘴，你俩改行去说相声得了。"茉莉乐得合不拢嘴。

"好了，我现在郑重告诉你们我和他的故事。"陶子橙把表情略微调整一下，"做好准备啊！有点荒唐，有点戏谑！但只是当时的故事而已啊！"

十年前的故事，于十年后的此刻是一种笑资。而彼时，哪有这样轻松的言语，哪有这样放肆的笑容？

十年前，东华市第二天，那一夜，许铎占有了陶子橙的身体。

许铎是蓄意而为之。像他这样的男人，有钱、霸道，想要征服一个女人一定会处心积虑。而对于处心积虑纠缠他的女人，他却懒得理会。他对陶子橙确实感兴趣，尽管只认识两天。也许这和他们特殊的见面地点有微妙关系——第一次见面，在他的家里，他睡衣睡裤刷着牙，这个年轻的女记者就这样闯入了他的视线。她聪慧、敬业，也略有姿色，第一次采访时时刻把握着话语主动权，引导着许董的谈话。有的时候，职业与修养是女人最好的胭脂水粉，擦在脸上，冠压群芳。

第三天早上，尽管还是酒醉后的微晕，但陶子橙醒得很早，这是因为身边躺着一个并不熟悉的男人的缘故。

躺在许铎怀里的陶子橙一动未动，她多想时间就此凝住。不是因为眷恋他的怀抱，而是惧怕将要面对的一切。陶子橙此刻思想很复杂：如果没有喝醉，也许她就不会和他发生关系。为什么喝醉？因为罗威的冷落与漠不关心而产生的悲伤与委屈。现在已经和别的男人上床了，这种报复让自己得到平衡与快乐了吗？没有。相反，那是负罪感与焦虑感相煎。

陶子橙痛恨自己。

手机响，是许铎的。今天下午是旭腾集团十五周年庆典酒会，他有一堆事要处理。起床洗漱完毕，他亲吻陶子橙后匆忙离去。

陶子橙依旧躺在床上没有动身。她明白：许铎这样的男人，有钱有闲，长得帅气，按照常理，他会成为很多女人爱慕的对象。而他对于自己的兴趣与追逐，只是因为一时的好奇与享乐。她只是他的新欢而已，甚至是新欢之一，而且，很快就会成为过去式。

想及此的陶子橙把头深埋进枕头里，无法原谅自己。

提示有手机短信，陶子橙心里扑通直跳：是不是罗威？我该如何面对他？昨晚给他打那么多次手机没接，现在的短信是不是罗威发来的？

摸过手机一看，是许铎的短信："宝贝儿，我安排了服务员一会儿送早餐去房间。有蜂蜜水和牛奶，记得起来先喝杯蜂蜜水。"

"为什么在一个男人冷落我的时候，你却如此主动殷勤！"陶子橙愤恨地想着，"其实，抛开他的神经质和自以为是，许铎也算是个细心的男人。"

突然列举出了这个男人的一条优点，陶子橙一惊，难道自己会有一点点动心？

这是现在男人女人的通病，兵临城下，男人女人总是互相观望，互相指责。彼此似乎都不想主动，都想在一种被动的状态下自我保护。

就像之前，陶子橙和朋友说起过的：现在的男女，纷纷站在爱情的岸边，看看谁先陷进去——似乎谁先陷进去，谁就输了。

## 11. 经过挫折的担心，没有期待的剧情

"你和许铎真的有床戏？"虽然猜测个八九不离十，但是亲耳听到陶子橙亲口说出来，芭蕉还是一阵兴奋。

"那你到底喜欢他吗？还是纯粹酒后迷失？"茉莉总是能戳中陶子橙要害。

"是啊，橙子，你到底是用情走心还是玩暧昧？"芭蕉也很想知道陶子橙当时的心境。

"或者，都不是吧，我忘记了。但是，我和许铎的事情很快就让我那前前同事范一佳发现了。"陶子橙继续说着。

十年前，东华市的第三天，在许铎从陶子橙房间走后，陶子橙命令自己停止胡思乱想，赶快进入工作状态整理之前两天的采访记录。从现在到下午四点旭腾集团十五周年庆典酒会，还有六个多小时。按照陶子橙的速度，应该可以写出几千字的文稿。

十二点左右，有人敲门。陶子橙内心一惊，以为是许铎。她打开门，是范一佳，只见她一副心绪不宁的样子。

"橙子，昨晚你喝多了，现在没事了吧？其实我一直想告诉你，我想离开这个环境，要么找个机会调去总部。我想让你帮我参谋一下，

哪个岗位空缺，我该找哪个领导公关一下。要么，要么，我，我就干脆离婚。"范一佳一进门就絮絮叨叨地说着。

"离婚？"陶子橙被这个词儿吓到了。

其实，作为同事，陶子橙和范一佳并不相熟。只是在报社年会或工作相交才有机会交流几句。所以，对于范一佳的了解，仅限于她是个精明能干、善于抓住一切有利机会的人。而对于她的婚姻，陶子橙并不知情。

原来，范一佳所嫁的这个男人比她大二十多岁。那是在范一佳一叶障目，不见泰山的幼稚状态下，老男人得逞了。现在的范一佳，尽管身份是已婚，但依旧年轻漂亮，怎肯屈就于她老公这枯藤老树？

"那我能帮到你什么？"陶子橙嗫嚅着。听了范一佳说的这堆话，她觉得很无聊，为什么每个人都在感情上不断折腾自己那点儿爱恨情仇？"报社这边，你是希望做经营还是做采编？但是目前好像只有发行部有空缺的岗位。"

"采编我做不了，我还是适合做经营岗位。我真的很想换个环境，橙子，你知道吗？我真的受够了，我不想我的一生就这样陪着这个老男人平淡地度过。"范一佳说着。

陶子橙不是很习惯和一个并不熟悉的人谈论人生大事，她不知如何安慰与应付。

"许铎昨晚在这里？"突然，范一佳冷冰冰地发问。思维还没从上一个话题里转换过来的陶子橙很意外。"你不用否认，这是他惯用的打火机。"范一佳指着墙角床头柜上的打火机斩钉截铁地说，"打火机放在床头柜上，说明昨晚他睡在这里。"

此时的范一佳，语气带敌意，分析带层次。

气氛尴尬，空气凝固。范一佳的表情从幽怨转为愤怒。

"没看出来啊，陶子橙，平时假装清高，没想到不到两天工夫就把许铎钓上床了。你可真会挑人，初来乍到就选中了多少女人梦寐以求的许铎。"说完话后的她甩门而去，只剩下陶子橙目瞪口呆地站在那里。

陶子橙不解的是：她来找我的主要目的到底是什么？是要调离岗位？还是要倾诉婚姻的不幸？还是来查究许铎昨晚是否留宿这里？但是，如果她要调回总部，我在编辑部的岗位和她不冲突；如果她真的婚姻不幸，我也爱莫能助；即便是许铎留宿在这里，这是我的私人问题，和她范一佳又有什么关系？

电话响起，陶子橙期盼的电话终于来了，是罗威。可是，现在的陶子橙已经不知该用何种语气、何种态度来面对罗威。

"橙子，这两天太忙了，给你打电话你没接。我昨晚喝醉了，刚醒酒。别生气啊！"罗威一语把三天的过程全部说尽。

陶子橙哭了，是因为罗威的话在其意料之中，还是因为背叛罗威的愧疚？陶子橙不知道。

"好了，不哭了。宝贝，哪天回来？我去车站接你。"罗威赶紧哄陶子橙。

"按照计划，我还要在这里待两天呢！猪猪都好吗？"陶子橙擦干眼泪说。

"都很好。你走的第二天，我把猪猪放去宠物店了。我出了个短途差。"罗威回答。

猪猪是陶子橙唯一喜欢的一个犬种，法国斗牛犬，憨憨傻傻的样子。平时基本听不到它的叫声，黑白相间的皮毛，强壮的体格，安静又灵动。陶子橙看书或写东西时，猪猪就趴在她的脚边。

结束了和男友的电话，陶子橙如释重负。她要学会，装满了心事的灵魂也可以继续轻盈地走在人生道路上，周边的哪一个灵魂不是如此！经过了挫折的担心，也不一定有期待的剧情。

还是收敛情绪，回归到写作中。陶子橙看看时间，才十二点。她没有食欲，继续写作，直到房间门铃再次响起。

陶子橙心里又是一颤，难道又是范一佳？她踮脚从门上猫眼里一看，是许铎。

许铎带来了一件黑色小晚礼服，举到陶子橙面前，"试试，晚上酒会穿。"

"有规定要穿得这么隆重吗？"陶子橙看了一眼黑色的短款小裙。

"你是我的女人，一定要穿得漂亮点啊！"许铎调侃。

"谁是谁的谁？别张嘴乱说啊！我偏不穿。"陶子橙着急起来。

"你来出差，肯定没带这种正装的衣服吧？我们集团 15 周年酒会，我姐邀请你，你就这样牛仔裤 T 恤去参加吗？我好心给你买来，你还不领情！"许铎解释道。

陶子橙略微思忖，许铎所说有道理，于是，接过衣服去了洗手间。

"已经看过你每一寸肌肤，不必要再跑去洗手间换衣服了吧？"许铎调侃着。陶子橙砰的一声关上了洗手间的门。"如果合适的话，你换好了，收拾一下，我们该出门了。"许铎提示着。

到达酒会现场后，陶子橙特意与许铎保持着距离。许铎进入会场后就不断地与嘉宾们致意寒暄，总有淡妆浓抹或娇艳或雅致的各色女子过来与他打招呼。在陶子橙看来，这是属于他们旭腾集团和许氏姐弟的欢乐，与她无关。来参加这场盛会，只是她的工作而已。

许铎却在周旋中有意无意地靠近陶子橙，直到把陶子橙逼到落地玻璃窗边上，盯着她。"你总挨着我干吗？"陶子橙斜着眼不看他，愤愤地说着。

"许总，这位美女是谁呀？"袅娜过来的一位娇艳女子问许铎。

"是……我的……准未婚妻。"许铎略一思考，脱口而出。

惊讶的不只是陶子橙和这位袅娜的娇艳女子，还有刚刚赶到许铎身边的范一佳。

"准未婚妻？陶子橙，你很可以啊！"范一佳表情更复杂。

陶子橙很惊愕，许铎很得意。

时间片刻凝固。

## 12. "你以为你是谁！想玩女人，出去花钱找去！"

这是旭腾集团十五周年庆典酒会现场，陶子橙无法公然对许铎发火。满脸涨红、惊讶愕然的她只好甩开许铎，起身向会场门口走去。

半路，陶子橙被许卓董事长的助理喊住了。跟随在许董助理身旁，陶子橙终于名正言顺地离开了许铎的骚扰范围。

许董致辞、相关领导致辞、集团四个副总讲话、员工代表发言、员工节目、乐团演奏曲目、红酒香槟、甜点气球……每位在场的人都洋溢着笑容，这里确实是欢乐的海洋。

唯独陶子橙觉得纠葛与孤独，甚至许铎在台上致辞时眼光偶尔看向陶子橙，她也故意别过头去。她暗暗地想："许铎，我们之前不认识，之后无交集，你非要把你的快感建立在调侃我之上吗？是的，我昨晚酒醉，和你上床了，你就权当水过鸭背，了无痕迹，一笑而过。我的一着不慎，也只是你寻欢作乐的棋子之一。为何还要拿'准未婚妻'这么严重的四个字眼来开玩笑？"

陶子橙思想不清，融入不了这里的欢乐。她也不想面对许铎无节制的调侃和范一佳敌意的眼光，躲到一个角落里。

许董及高管们在应酬贵宾，许铎也在其中。范一佳是当地媒体的一员，而且旭腾集团是她的客户，她也礼貌周到地一一与旭腾集团的高管们敬酒聊天。

陶子橙像是无意闯入这个世界的一只猫，淡然慵懒，不需谄媚任何人，不想费任何心思。她决定离开，打车回酒店。

刚出现场，有人从背后抱住了陶子橙，是许铎。这一举动让周围旭腾的员工都很吃惊。陶子橙挣脱出来，喊道："别跟着我！"

范一佳也紧跟随许铎跑出来，许铎回头对范一佳怒喊："别跟着我！"

陶子橙不知道他俩是什么状况，只是很无奈地说道："这是你们旭腾集团的荣誉地，这是你们许氏姐弟的欢笑场。我入不了戏，我只是一个来采访的记者。我无意招惹你，不要把你欢乐与忧伤的责任推脱到我身上。"说完，她跑着离开了。

站在酒店对面的海边上，陶子橙想家了。她想念她和罗威租住的那个房子，想念猪猪。电话拨给罗威，电话里很吵。罗威的声音不清晰，"橙子，我跟着领导有个应酬。这边很乱，结束后打给你啊！"

没有从罗威这里得到安慰，陶子橙的心情很失落。在东华市这三天的遭遇很荒唐，她有无力感，有负罪感，有焦虑感，有刺激感。在这样的小城，这样的夜晚，没有人听到陶子橙的心声，只有夜幕里轻轻的海浪，竖起了忧伤的耳朵。

晚上十一点房间的门铃响起。陶子橙很警觉，从猫眼一看，是许铎。陶子橙不作声，也不开门。没想到，许铎却在拍门大喊，且丝毫没有离开的意思。如果打扰到其他客人，招惹来服务员，怎么办？陶子橙情急无奈，只好开门。

一身酒气的许铎双手按住陶子橙的肩膀把她推到墙壁上说："陶橙子，你生我气！"

"我当然生气，你不觉得你的做法很幼稚，很荒唐吗？"陶子橙回答。

"我喜欢你，怎么了？我想要你！"许铎边说着边抱起陶子橙扔到床上。

陶子橙出离愤怒了，站在床上指着许铎怒骂："你以为你是谁！想玩女人，出去花钱找去！"

陶子橙的一句话，几乎令酒醉的许铎半醒。他低头说着："对不起，橙子。"他坐在床边，头埋在手掌里，继续说着，"自从我离婚后，身边确实不缺女人，但是她们不就是为了我的钱吗？我也只动钱不动情，但遇见你，我确实有点动心了。她出国了——我指我的前妻。她有她的梦想，我有我的事业。谁都不想放弃自己所拥有的东西，所以只有分手，也许我们都很自私。"

许铎语无伦次地叙说着，陶子橙大致明白了他的情感历程。张狂的外表、金钱和美女的堆砌都抵御不了他内心的孤单。"但是，不管你有怎样的经历与借口，你对我所做的事情都太荒唐。"陶子橙依旧保持警惕。

"我喜欢你的淡定和与众不同。"许铎靠近陶子橙坐着。

陶子橙本能地挪开，"我不淡定，也只是俗人一个。如果你是真的喜欢我，你会通过正常的方式来追求。如果你是假的喜欢，那你这种戏谑的方式对我来说就是不尊重。"

没有理会陶子橙在说什么，许铎已经再次扑上来把陶子橙压在身下。尽管陶子橙在努力挣扎，但是许铎的手已经伸进她的后背解开了文胸。

"你再这样，我就喊人了。"陶子橙刚一说完，嘴巴就被许铎的双唇紧扣住了。这种强吻的力量让陶子橙觉得害怕，这种强迫的欢爱让陶子橙觉得屈辱。难道就这样在被迫下就范？她突然觉得除了无力的挣扎外，无计可施。

电话铃响，终于有了外力来打破这一切。

许铎在铃声的刺激下停止下来，陶子橙趁机逃脱了他的身体。打电话的是范一佳。

"喂！一佳。"气喘吁吁的陶子橙在喊了范一佳的名字后就后悔了，因为话筒已经把她喘息的声音传达了出去。凭直觉，范一佳对她是有强烈的敌意的。

"陶子橙，我知道许铎在你房间里，因为他的车在你酒店楼下。很抱歉啊，打扰你们的激情戏了。我得奉劝你一句，陶子橙，你要清楚，你是来工作的，不是来勾引男人的。"范一佳如枪炮般用言语轰击了陶子橙。

挂了电话的陶子橙怅然若失。低头看看赤身裸体的自己，看看歪躺在床上酒醉欲睡的许铎，再看看电脑上依旧打开着的 word 页面——

范一佳说的没错，一个欢喜的开始，怎么造成目前这样龌龊的局面？

许铎已经睡去，陶子橙慢慢穿好衣服，窝在沙发里。如果不是因为眼前这个男人，她此行的过程应该是纯粹而简单。他对她是有丝毫的感情成分，还是纯粹的男欢女爱？如果如他所说，他喜欢她……如果她放弃一切跟随了他，做一个有钱男人背后的女人……这应该是现在很多女人的梦中所求。

也许，这也是范一佳的内心所求。若非如此，范一佳为何紧紧跟随在许铎的身边？为何在房间发现了许铎的打火机后突然对陶子橙充满敌意？为何在酒店楼下发现了许铎的车后几乎与陶子橙翻脸？

陶子橙明白了，是范一佳想做许铎的女人。

## 13. 我未婚，他未娶，即使我要嫁给他，也和她范一佳没有一丁点儿关系

"故事越来越精彩呢！"回到现实中来，听着陶子橙的讲述，芭蕉拍手称快，"有床戏，有情感戏。豪门与灰姑娘，还有第三者插足。不错，继续。"

"你以为是导演排戏呢？"陶子橙说，"我这是真实故事的现实讲述。要不是这次许铎又冒出来，我才不会再次回忆这些荒唐的陈年往事呢！"

"那故事后续如何发展的？怎么就彻底断了联系呢？"茉莉问。

是的，若是没有许铎再次出现，要是没有芭蕉、茉莉的追问，陶子橙是没有勇气孤身前往去取出这些寄存在时光里的故事碎片的。在那个故事里，无意来到东华市的陶子橙差点被刻画成了一个处心积虑跻身豪门的心机女人。

那一夜，旭腾集团十五周年庆典的那一夜，许铎酒后侵犯了陶子橙，范一佳几乎与陶子橙翻脸——事态发展得如此糟糕，陶子橙脑子里一团乱，窝在沙发里睡去。

迷糊中感觉到有人把自己抱起来，陶子橙醒了。发现自己正在许铎怀里，陶子橙挣脱跳了下来。她看了看时间，已是早上六点五十。

"橙子，我们去床上睡。"许铎又想去抱陶子橙。

陶子橙使劲推开许铎，"谁要和你睡觉？你知道吗？我来这里仅仅是为了采访你们集团，可就是因为你，我背叛了我的男朋友，范一佳和我翻了脸。她若把我们的事告诉我们单位领导、告诉许董——你姐姐，我该怎么面对？"陶子橙边说边哭了。

"身体是自己的，不存在背叛谁的问题；我喜欢你，是我的问题，和其他人无关。"许铎的回答，显然让陶子橙更加气愤难耐。她收拾了许铎的衣服，示意他穿上，硬将他推出门去。

事情的确在陶子橙的预料中。

今天，许卓董事长的助理来接陶子橙的时间比之前要晚。在许董办公室继续进行采访时，陶子橙明显感觉到许董面部表情的生硬与隔阂。对话采访结束后，许董安排助理为陶子橙准备了不少资料，希望陶子橙用最快的速度写作——她理想中的状态是明天下午看到初稿。

交代完一切，许董示意助理出去，郑重其事地对陶子橙说："陶记者，工作交代完毕，我们谈一下私人话题。关于你和我弟弟许铎，我想知道你真实的想法。"

虽然在预料之中，但是，许董当面质问，陶子橙还是心里一咯噔。

"许董，我和许铎之间，如果您听到了什么流言，客观上所发生的事情是真的，我承认：但是主观上，我们之间没有什么，我对他也没有任何想法。"陶子橙淡淡地说。

"陶记者，许铎和她前妻因为分居两国而离婚。离婚后，他身边没断过女人。但是我只有这一个弟弟，对于他再婚对象的选择，我们家庭是非常慎重的，也请你自重。"

许卓正说着话，却被陶子橙打断了，"抱歉，许董，我对他没有任何想法。再有问题，您问他吧！我先回去写稿子了。"陶子橙强忍着泪水跑出了许卓的办公室。

许卓这种问话已经让陶子橙的自尊受挫了，一句"自重"真的让陶子橙有点被侮辱的感觉。不知道范一佳是如何在背后描述她和许铎的关系，许董竟以为她想攀高枝进豪门！许董或许以为每个女人都想攀他们许家的高枝吧！

"这一切都是许铎造成的。"陶子橙愤愤地想着，掏出手机想臭骂他一顿。

此时，手机响起，是安总编。陶子橙已经预知到他要质问与谴责她，站在路边的陶子橙靠在一棵树上，闭上眼睛，无奈地接起电话。果然，她听到的是安总编的一番盘问与谴责。

"安总，是不是范一佳给您打电话说的？"由于和安总编私下关系也不错，所以陶子橙也不必拘礼于礼节而直接发问了。

"是的。"安总编回答。

"好了，安总，您不要再问了，我能保证的是我此行的工作目标一定会完美完成，稿件明天就上交。其余的事情，按原则来讲，是我的私人问题。安总，就因为许铎这个男人有钱，我接触他，就成了我步步算计、处心积虑了？他有钱我又不稀罕，我还说他步步算计我呢！再者，退一步说，我未婚，他未娶，即使我要嫁给他，也和她范一佳没有一丁点关系。您放心好了，等着明天收稿件吧！再见！"陶子橙如发泄般一口气把话说完。

陶子橙仰头长舒一口气，挂断电话。她睁开眼睛，许铎竟然靠坐在车边看着她。

"OK！我娶，你嫁吧！"许铎接过了陶子橙刚才的话茬，依旧坏笑着。然后他一把把陶子橙拉到车里，开车扬长而去。

"你娶什么？谁要嫁给你？你跟着我干吗？你拉我去哪里？如果不是因为你，我不会被你姐姐谈话，不会被我们老总谈话！从见到你的第一眼，就不正常，就从头到脚别扭着。你停车，我不想见到你。"陶子橙着急得在车里甩头跺脚。

"不是因为我，是因为范一佳。别把矛头全部指向我。现在，不说了，我们去吃午饭。"许铎平静地说着，仿佛和陶子橙激动的情绪根本不在同一频道。

相处这三四天下来，陶子橙已经习惯了许铎的自以为是和霸道。既然是去吃饭，那就去吃饭，反正又不损失什么。但是令陶子橙没有想到的是，真正把事件再次推向高潮，令许卓和范一佳对陶子橙彻底否定的，就是眼前这个我行我素、自以为是的男人——许铎。

## 14. 再见。不,不再见!

陶子橙知道自己不能因为冲动乱了方寸,她必须要把此行的工作任务完成好,才有资格去计较与争辩孰是孰非。所以,她严肃告诫许铎,吃完饭必须立即送她回酒店,完成稿子。许铎也严肃告诫陶子橙,写完后联系他,他有重要事情。

尽管脑袋里杂念丛生,但是陶子橙努力让自己肃清与摒弃各种烦扰,关掉手机。她沉静下来,投入到写作中。

近两万字的初稿,在东华市的夜幕刚刚降临的时候,陶子橙完成了。推开窗去,海边星星散散的游人还在戏水拾贝。这个海边旅游城市,带给绝大多数人的是欢乐与享受,而带给陶子橙的却是荒唐与纠缠。

许铎又找到房间来了,因为陶子橙没开手机。许铎的到来让陶子橙回到杂乱的现实中来,她不知道他找她何事。她让他在大厅等候,可是他执意不肯,说人多眼杂不方便。

"我警告你,在房间里等可以,不许乱动。我简单收拾完毕就出门。"陶子橙边说边把稿件发给安总编,关电脑,开手机,收拾包。但是许铎还是趁机偷袭了她,从后面抱着她亲了一口。

陶子橙也怒了,"许铎,你说你堂堂一个旭腾集团副总,你这是什么德行?登门入室动手动脚的。认识你才三四天,我的整个人生定位都因为你而被人否定了。你是有钱，可我又不花你的。我这普通小记者又不想攀你这高枝，我和你又没什么关系，你莫名其妙地纠缠我干吗？"

"我给你买裙子了，请你吃饭了，怎么说没花我的钱？你这两晚和我睡在一起，怎么和我没关系呢？"许铎依旧坏笑地调侃。

"你！"陶子橙怒了。

手机提示有短信，来自范一佳："陶子橙，没想到你是如此有手段的人，傍上了许铎，也搞定了安总，工作爱情双得意啊！"

看到了如此嫉妒的字眼，陶子橙被刺伤了，好好的同事关系怎么变得如此针锋相对。

"许铎，范一佳是不是喜欢你？因为她喜欢你，所以才对我充满敌意。"陶子橙突然发问。

"那是她的事，我不感兴趣。喜欢我的女人多了去了。除了工作之外，我和她没有多余的关系。"许铎简明回答，"不提她了，我有事情，走。"许铎拉起陶子橙出门而去。

许铎带着陶子橙到了他们第一次见面的那个地方，那座高层建筑的 17 楼。

"到这里干吗？如果你想胡作非为，我现在就走。"面对从不按常理出牌的许铎，陶子橙很警惕。但是，许铎拉起陶子橙的胳膊直接进了门。

两人一进门，就看到许卓正坐在客厅里。这一幕，让许卓和陶子橙都表情尴尬。其实，她俩都不知道她们现在站在对方面前的缘由。

拉着陶子橙坐下，许铎开了口，"姐，我开门见山直接说，我和陶子橙的关系并非像你听说的那么不堪。我喜欢一个女人，需要别人在背后指手划脚吗？"

许卓很冷静，说道："许铎，你年龄不小了，对待感情还这么冲动吗？你和陶记者才认识几天而已。"

陶子橙听至此，再也忍不住了，"许董、许铎，我想你们都误会了，我们之间真的没什么。我只是来采访的，现在已经采访完毕。许董，明天我把稿子给您就会离开这里，再见！"陶子橙说完跑出了楼，跑向海边。

留下莫名其妙的许卓一个人在房间里，许铎接着追了出来。他在海边追到了陶子橙。

有的时候，女人喜欢男人的挑逗与追捧，这是一种原始的欲望诉求。但是这种挑逗的度要刚刚好，欠一分，不过瘾，过一度，就是耍流氓。

陶子橙此刻痛恨许铎的纠缠。已经过了任性的年纪了，为何还只是自顾自地表述自己的喜好，而丝毫不考虑这种做法给别人带来了怎样的困扰！

"陶子橙，我只是想留下你。"许铎抓住陶子橙的肩膀说着。海风不小，但是许铎的声音很坚定地飘进陶子橙的耳朵。

"许铎，你不觉得这很戏谑吗？三十岁的你离过一次婚，你还不严肃地对待你的感情吗？如果你对自己不严肃，但请尊重我。"陶子橙严肃地对许铎说着。

"戏谑？我是直接表达自己的感情，喜欢就是喜欢，不喜欢就是不喜欢，我不想拐弯抹角。男女之情，即使酝酿再多前奏，最终的结果不都是男欢女爱？"许铎的回答一如他的行事作风，强势、直接、霸道，"你未婚，我未娶，我们都有选择的权利，你选择我有什么不好吗？"

许铎紧抓陶子橙肩膀，传达给她略微的疼痛感，让她感知到了这个男人此刻的用心。二十三四岁的年纪，初涉社会的年轻姑娘，哪里抵御得了一个男人强势的征服、霸道的拥有？况且这个男人按世俗标准来评价，家庭、资产、样貌都属上乘。

陶子橙是有点儿动摇了。罗威从来没有这样渴望得到过她，也许是近两年的恋爱磨平了所有的爱恨棱角，只是一起居住，一起生活。他们没有规划过未来，连仅有的男欢女爱也是例行公事。

这一次，陶子橙没有拒绝，任凭许铎把自己抱紧在怀里。海潮渐渐上涨，海浪像席卷而来的战场。海风吹起了号角，预示着许铎暂时的胜利。

安总编来电话，商讨稿件修改事宜，许铎赶紧送陶子橙回了酒店。根据安总编的几点建议，陶子橙立即将稿件做了调整。

手机响，是于菁打来的。这是陶子橙关系最好的一个同事，她们同年大学毕业，一起应聘到同一家报社，同在编辑部，刚毕业时还一起合租过一套房子。

于菁开门见山直接问："橙子，你在东华市发生什么事了？大家都传言说你在那边和旭腾集团的一个副总关系不清不白的。当心传到罗威耳朵里啊！我也不知道谁传出来的，反正很多同事都知道了。"

这如当头棒喝，陶子橙一阵焦乱烦躁。她明白，这是范一佳所为。凭她对安总编的了解，他是不会背后传播这种八卦消息的。

陶子橙必须马上离开东华市，离开许铎。她不能再给许铎任何打动她、说服她的机会。她如果再因为这个男人继续驻足，坊间所滋生的谣言就会被臆造成事实。心高气傲的陶子橙不允许自己的形象在流言蜚语里被玷污。

陶子橙决定今晚离开，乘坐那趟开往济南的凌晨十二点发车的绿皮火车。时间还绰绰有余，她把改好的稿件发到许卓助理的邮箱里。

出租车沿着海滨公路驶往火车站，陶子橙内心悲戚无比。自信风光地来，仓皇逃离地走——背负着流言蜚语走，背负着情感背叛而走。

仅仅两天时间，一切初衷都改变了。

在火车上，她给许卓、许铎、范一佳每个人都发了短信告别，然后关了手机。

她在心里默默地说：再见。不，不再见！

## 15. 根本就是老情人

揽海酒店一层西餐厅，靠窗边的沙发里，三个闺蜜窝在一起，听陶子橙讲述完了她和许铎的"前尘往事"。

情感八卦永远是令女人们感兴趣的话题，那些是非臆测和爱恨推断总是带给她们快感，女人们总是能够从别人的爱恨故事里来对比自己的幸福，来反思自己的爱情。

"那当时就那样结束了？太遗憾了吧！"芭蕉既雀跃又遗憾地说

着，"其实，当时嫁了他多好啊！你现在就可以趾高气扬地当阔太太了，这酒店就是你的了，多幸福啊！"芭蕉边说着，边故意羡慕地环顾着酒店。

"当阔太太就幸福吗？人家张东扬不也挺好的嘛！这种踏实稳定的日子才是婚姻的本质。"茉莉表态。

"没说张东扬不好，但是这种两地分居、温吞水般的日子，根本不适合陶子橙。"芭蕉并不同意茉莉的观点，"橙子，你能坚持五年，我已经认为是个奇迹了。"

张东扬成为陶子橙的老公是五年前的事情了，也就是说，陶子橙和张东扬是在五年前结的婚。而之前提到的罗威，只是陶子橙十年前的男朋友而已。

"许铎去济南找过你吗，橙子？说实话。"芭蕉不甘于十年前的那段故事就此草草结尾。

"找过。"陶子橙承认。

是的，许铎找过陶子橙。在陶子橙火车离开东华市的时候，许铎已经开车追在了路上。许铎的电话打过来，说了多少斥责与哀求、怒骂与挽留的话。陶子橙一句也没有回答，她把正在听着的 MP3 的耳塞开到最大声，堵到了手机的听筒上。眼泪无声地流。

女人流泪的原因很多，并非对一个男人用情多深，或许是情绪积攒到一定程度的宣泄；或许是看到某个场景触景生情；或许是听到某首歌触发了情感，如彼时的陶子橙。

那时 MP3 正流行，那时飞儿乐队刚出道不久，那首歌是《我们的爱》："我们的爱，过了就不再回来，直到现在，我还默默地等待。

我们的爱，我明白，已变成你的负担。只是永远，我都放不开，最后的温暖，你给的温暖。"

不知道许铎有没有听到，不知道他听到后是否明白，他给的爱，已成为陶子橙的负担。

其实，此后许铎去济南找过陶子橙几次，陶子橙虽然以坚定的态度拒绝了许铎。但是，许铎的出现，成为当年陶子橙与罗威从猜忌、争吵到分手的主要原因；也成为陶子橙后来离开那家报社的主要原因。


"哦！橙子，我们认识的时候，你已经是在《沐风》杂志了。我和茉莉错过了你人生中精彩的一段爱恨情仇哦！"芭蕉说着，茉莉点头同意。

"那几年被辞职、分手、躲避、纠缠占据着，也是我人生中比较灰暗的几年。"陶子橙用简单的几句话感慨并总结着过去的岁月，"从那之后，宛若新生啊！"

"可是，你现在重新遭遇了许铎，你准备如何发展？"茉莉提到了关键问题，"他可是一副老情人的姿态哦！"

"什么老情人姿态啊！根本——就——是——老情人！"芭蕉迅速给陶子橙和许铎的关系定了位，并把"是"字故意说得很严重。

"不是也被你说成是了。唯恐天下不乱，你。"陶子橙嗔怪芭蕉。

"当然，故事里的事，说是就是，不是也是。"感觉即将目睹一场老情人相遇的故事，芭蕉兴奋无比，"怕什么，反正我和茉莉坚定拥护你，不会告诉张东扬。"

和相识六七年的闺蜜们在一起，陶子橙当然不怕！况且，她也没打算要和许铎怎样，就当老友相见，作为东道主，他请吃饭住宿而已。

所以，此刻陶子橙的表情是但笑不语。

难得闺蜜三人出游，重要的是高兴。只要茉莉和芭蕉高兴，她被设计成何种剧情里的何种角色都无所谓。

许铎的短信提示，五分钟后来接她们。他选择的为茉莉庆祝生日的地点是一家日式料理餐厅。看得出，餐厅的一角被布置过，三束鲜花、别出心裁的生日蛋糕，音乐是帕格尼尼的小提琴曲。

"谢谢许铎！不过，给我庆祝生日是假，迎接我们橙子是真吧！"茉莉故意调侃。

"我也是这么想的。"芭蕉也调侃说道，"但不管为了谁，反正我能享受到美食、鲜花与音乐就知足了。"

十年的岁月流逝，足以改变每一个人，只是这种改变或多或少而已。对许铎而言，身上的霸道与骄纵虽然还略有遗存，但是性格已收敛很多；对陶子橙而言，情感的折磨与职场的变动磨砺了她原本尖锐的个性，如今的她灵动中更显温婉，俏皮中不失柔和。

而此刻，再次与许铎并肩坐在一起——陶子橙就坐在许铎左边，对面的芭蕉与茉莉笑看他们的时候，许铎正坐在陶子橙右边。

如同十年前的感慨：曾经，有很多人坐在我们的左边，或者右边，或者对面，但谁也不知以后怎样。十年修得同船渡，百年修得共枕眠。起身之后，谁能再有心等待下一个十年和百年。

如今，陶子橙和许铎修来了第一个十年。

十年前的故事已变成过去岁月里的惆怅心结，让此刻的陶子橙和许铎纵有千言万语，竟一时无从谈起。

还好，有闺蜜芭蕉和茉莉在场，局面不至于尴尬。她们从东华市的景点、美食聊到音乐、电影，再聊到商场格局、餐饮现状，最终聊到了比较私人的话题上。当然,她们的问话也适时代表了陶子橙的心声。

茉莉说:"感谢许先生的款待!下午我们也听橙子大概讲述了她和您之前的事情。虽然短暂,但也是一段难忘的感情经历。可否冒昧问一下,您现在的婚姻状况?"

芭蕉没有茉莉的斯文与耐心,直接发问:"你当年怎么不坚持继续追求橙子呢?说不定就到手了呢!你太不懂女人心了。对了,那个处心积虑破坏你和橙子关系的范一佳呢?"

这样的提问,让陶子橙内心一惊,让许铎一时汗颜。

## 16. 说深了怕提及过去的情感纠葛,说淡了只是风景天气你好我好

这样的提问,放在其他刚刚认识的陌生朋友身上,显然不太合适。不过,此时,有之前的感情纠葛和六七年的闺蜜生涯做铺垫,这样的提问也无可厚非。

茉莉是理性的,她想通过对这个男人目前状况的了解,来帮助陶子橙思考下一步的应对措施。

芭蕉是感性的,她想通过对这个男人目前状况的了解,来看看陶子橙还有没有机会成为阔太太。

其实,陶子橙内心何尝不想知道这个曾经疯狂追求过自己的男人

到底是何现状。

"我？我还是和原来一样。"许铎轻松地说出这句话时，在座的三位女士都大吃一惊。

"你还是单身？"芭蕉忍不住脱口而出。

"不像吗？"许铎更加轻松地笑道，然后再次举杯邀约三位女士共饮杯中红酒，"爱情与婚姻对于我来说，就是奢侈品。也许，上天忘记了给我打开爱情的窗户。"

许铎的未婚状态，是今晚生日晚宴的最大冷门。酒店房间里，窝在床上的三个闺蜜对此各有评论。

茉莉认为，越是单身，越是危险，不能再靠近他，不能给他任何伤害陶子橙的机会。

芭蕉认为，越是单身，越是机会，许铎和陶子橙可以再续十年前的情缘，这样的结局才是完美。

陶子橙认为，凭他们许氏家族的压力，许铎怎么会十年单身？这中间肯定有隐情。

议论各千秋。三闺蜜的八卦会议最后由陶子橙总结发言："同志们，我们千里迢迢来到东华市不是来研究这个男人的，我们的任务是吃喝玩乐。当然，茉莉还有个次要任务，考察一个商业项目。我们现在就来安排一下明天的行程：茉莉明天上午先去工作，回来我们一起吃午饭，下午我们去海边。"

这个议程，大家一致通过。然后，陶子橙回房，各自休息。

第二天上午，茉莉大约十点半回到酒店的时候，懒散的芭蕉和陶子橙也就刚刚起床，慢吞吞地洗漱着。陶子橙来到芭蕉茉莉房间里，芭蕉边描眉画眼，边和她俩聊天。

陶子橙见芭蕉化妆，说道："咱们下午去海边玩，海水很容易弄花妆容的，不需要浓妆艳抹吧？人家茉莉是因为今天一早有工作场合才化妆的。对了，茉莉，情况怎样？"

不等茉莉回答，芭蕉赶紧抢话道："万一今天有艳遇呢？要时刻保持美美的！"

茉莉也笑了，回答说："项目不错，见到了负责项目的副总。他们正在招商，我们彼此都非常有意向。"

"不错啊！走，去吃美食，庆祝一下，顺便考察一下当地的餐饮，是吧？茉莉。"陶子橙正说着，电话响了，是许铎打来的，来接她们三个吃午饭。

陶子橙并不喜欢这种未经商议的安排，可是芭蕉很兴奋："这不，艳遇来了，有人请吃饭多好！赶紧去穿衣收拾吧，橙子。"

许铎选择的吃饭地点和他目前的身份是匹配的。听许铎的简单介绍，在她姐姐许卓董事长的带领下，旭腾集团的规模比十年前更加壮大，这对一个家族企业来说是难能可贵的。许铎负责的版块也由餐饮增加了酒店、地产、教育。陶子橙回想了一下，十年前，她采访旭腾集团时，许卓董事长的年龄是四十三岁，那么现在她应该是五十三岁了。许铎也已经四十岁了，许卓董事长应该在尝试着把集团中重要的版块慢慢往许铎手中移交。

三个闺蜜跟随着许铎走进一家高档酒店。这一幕是扎眼的，三个姿色尚可的轻熟女与一个尚且成功的男人在一起，难免让人浮想联翩。

许铎尽地主之谊介绍着东华市的风土人情，推荐着东华市的好玩景点，陶子橙还是觉得与他无话可谈。"向前一步是黄昏，退后一步是人生。"说深了怕提及过去的情感纠葛，说淡了只是风景天气你好我好。

芭蕉实在忍无可忍，直接问了一个令陶子橙最避讳、令许铎最尴尬的问题："许铎，你这次见到我们橙子，有没有旧情复燃的想法啊？"

许铎一时语塞，他即使有，也不能当场承认；陶子橙涨红双颊，赶紧在桌子底下拽芭蕉的连衣裙。

"芭蕉，哪壶不开提哪壶啊！来，一起喝酒，感谢许铎的款待。"茉莉赶紧举杯打圆场。同为生意人，而且同为做餐饮的，茉莉浅淡地向许铎咨询着东华市的投资环境。许铎做大型酒店，茉莉做时尚简餐，两者虽有区别，但毕竟归属于餐饮大类，许铎和茉莉的话题还是很多的。

"对了，许铎，您知道这里有个新的商业项目，星海假日广场吗？"茉莉准备向许铎打听这个她即将与之合作的商业地产项目。

还没等许铎回答，这时却有三个人来到她们餐桌旁边。双方都惊呆了。

陶子橙认出了范一佳，范一佳认出了陶子橙。许铎很吃惊，范一佳怎么会出现在这里。

三人中有一白衬衣黑领带男子首先恭敬地点头向许铎问好，然后向茉莉致意，转头分别对范一佳和茉莉介绍说："范总，这是从济南过来的时尚餐饮品牌'朵颐'的创始人茉莉女士，今天上午刚到星海去考察了一下。这位是我们星海项目的总经理范一佳女士。"

范一佳伸手与茉莉握手，茉莉也冷不丁惊呆了，木然中差点失礼。

"陶子橙，久违啊！"范一佳挂着毫不走心的职业性微笑。

陶子橙更是被这一猝不及防的情景惊到了，这是她在东华市最不想见到的人。但毕竟是历经十年风雨，陶子橙决不能让自己在这一轮的会见中落败，她必须让自己骄傲与自信："久违！久违！芭蕉、茉莉，这是我原来报社东华市记者站的一位前同事，现在，看来是旭腾的高管了。范一佳，恭喜你终于得偿所愿，离开了报社，飞到了旭腾。"

范一佳看来并不想在手下面前被提及她之前在记者站工作的旧事。她面露不悦，对陶子橙说："对，我们的关系是前同事。你这次怎么突然来到东华市？难道是要卷土重来吗？"

然后，范一佳转头对许铎说："许总，别忘记给我的前同事陶子橙讲一讲我们之间的关系！"

说完后的范一佳带着两位面面相觑的手下离去了，留下四个人满脸惆怅。

## 17. 一切问题，最终都是时间问题，一切烦恼，其实都是自寻烦恼

这样的局面，这样的情景，再白痴的人都会明白许铎和范一佳的关系不清明。

"这位范什么一佳也气焰太盛了，你和她到底什么关系？"心急口快的芭蕉直接对许铎发问。

许铎面露尴尬，端起酒杯转头对陶子橙说："橙子，这段插曲我回头再告诉你。来，我们继续吃饭吧！"

勉强继续的饭局少了把酒言欢，郁郁而散。

把闺蜜三人送回酒店后的许铎也为今天的事情懊悔不已，和陶子橙久别十年初次重逢的温情雅致都被范一佳的出现而搅乱了。

他满脸阴沉，眉头紧皱，拨出了范一佳的电话，只说出了六个字"请你不要搅局！"电话那头的范一佳内心一沉，脸上挤出的冷笑难掩神伤。

十年前，他对陶子橙一见倾心、势在必得。但是，那种来势汹汹的情感以及流言蜚语的中伤吓退了二十三岁的陶子橙。如今，有缘再见，他不想再和陶子橙有任何隔阂，他必须当面向陶子橙陈述他与范一佳的关系。

晚上，许铎出现在揽海酒店。

这是，十年来，第三次，许铎在这个酒店里敲着陶子橙的房门。

听到敲门声，从房门猫眼里看到许铎时，陶子橙内心一阵急跳，她不知该开门还是不该开门。

"橙子，是芭蕉和茉莉告诉我你在这个房间的。请开门，我有话说。"许铎的声音明显很诚恳。

陶子橙打开了门时，芭蕉却迅速从隔壁房间跑出来，鬼脸嘻嘻地说："我真的会保密的！"然后，她被茉莉迅速拉回了房间。

芭蕉的这一搞笑举动，让陶子橙和许铎都很尴尬。

"要不，我们开车出去兜兜风吧。"陶子橙思前想后，总觉得和许铎独处一室不太方便，毕竟已婚。

许铎宽敞的路虎越野车里，音乐竟然是飞儿乐队的《我们的爱》，这让陶子橙内心很受触动。看来这是他有意为之，特意放给自己听的；看来当年她乘坐火车离开东华市时从 MP3 听筒里放给他，他是听到了；他现在依旧放着十年前的怀旧音乐，看来如芭蕉所言，是要摆定一副老情人的姿态。

又是兵临城下，男女又各自站在爱情的岸边，看看是谁先陷进去。

毕竟也是三十三岁的轻熟女，也历经过情感纠葛、职场挫伤与各色男人，陶子橙早已学会了把自己的心一层层包裹起来，不会轻易打开。所以，坐在副驾驶的陶子橙并不开口，以静制动。

"橙子，我想告诉你我和范一佳的事情。"许铎率先打破了过于冷静的局面。

"我不想知道，也和我没关系。许铎，你得明白，一切问题，最终都是时间问题；一切烦恼，其实都是自寻烦恼。"陶子橙很冷静地说着。

"我必须告诉你，橙子，不然你会误解我。"许铎说。

"误解不误解的，又有何意义呢！那是你们的事，我无意干涉。"陶子橙回答。

"橙子，事到如今，我还是喜欢你。"许铎开始变得不冷静。

"许铎，十年了，我们各自的生活都这样平静地继续着，不好吗？我们都不再是幼稚任性的年纪了，难道你还要任意妄为？"陶子橙厉声斥住了许铎。

许铎也把车停在了转山公路边。车的左侧山石峻秀，绿树掩映；右侧是层层撞击山体岩石的海浪。银白色的车灯照亮前方，有不知名的飞虫在车光里飞来飞去。

"其实，橙子，你辞职、躲避我的那几年，我非常负气，对工作懈怠，对人喜怒无常。自从我离婚后，你是第一个让我遭遇挫折的女人。求之不得的那种挫败感让我变得爱酗酒，意气用事。"许铎还是絮絮叨叨说起了往事。

那时，范一佳从来没有放弃任何接近许铎的机会。尽管经常被许铎指斥与迁怒，但是，范一佳始终知难而上。她甚至有勇气直接逼问许铎，都是同一个报社的人，她比陶子橙还要漂亮，为什么对陶子橙那么迷恋，却对她视而不见？

范一佳也有勇气直接和许铎谈条件，既然不接受她对他的情感，那她请求许铎把旭腾集团酒店餐饮的广告费全部交由她代理，这样也可解决了全报社人对陶子橙的误解：陶子橙并非贪图你旭腾集团和许铎钱财之人，不然，为什么不把全年的广告代理费交由陶子橙？

也许是听到了"陶子橙"三个字，也许是觉得她有道理，也许是纠缠中的混沌，总之是许铎签字批准了——范一佳成了当年最大的赢家。

由于业绩突出，范一佳当年升职为报社东华市记者站的副站长。

由于范一佳总是不失时机地制造与许铎会面的机会与绯闻，并故意与她老公的争吵不断升级，终于成功地与那个老男人离了婚。

由于处心积虑、见缝插针、步步为营，终于在一个她精心组织的年终酒会后，范一佳把自己设计到了许铎的床上。

男人本是下半身动物，许铎更不例外。尽管酒醉，但面对范一佳的投怀送抱、主动逢迎，许铎还是身不由己或者说情不自禁地与范一佳发生了关系。

在漂亮女人主动奉送到床边的情况下，能抵抗住诱惑的男人屈指可数，而这其中不会有许铎，也基本不会是我们身边任何一个男人——这句话是许铎的故事讲述到这里时，陶子橙自己内心暗暗想到的。

## 18. 谁说结婚都是因为爱情？很多人的婚姻其实都与爱情无关

没有一个男人或女人是完完全全归属于另一个女人或男人的。

纯净的爱情是这个世间的奢侈品。

连许铎与范一佳都能纠缠到一起去，世事真的是无常难料。他曾经那么疯狂地追求自己，转而却与她有敌意的女同事发生纠葛——陶子橙突然觉得眼前的这个男人异常陌生。

坐在副驾驶的陶子橙闭上眼睛，靠在车背上，听旁边的许铎继续陈述。

他说："橙子，你知道吗？事情有多么巧合，范一佳竟然怀孕了，是我的孩子。我即使再斥责她的预谋与圈套，可现实已经如此了。"

听到这里的陶子橙猛地睁开眼睛，这是她做梦都没有想到的事实——许铎和范一佳竟然有了孩子！

陶子橙说不出是有一丝心痛还是悔憾，这个男人已经成了别人的丈夫、别人的父亲，已经不再是痴恋追求自己的那个男人。她与他，已经渐行渐远。

是的，不渐行渐远又如何？

她陶子橙自己不也是早已嫁作他人妇？她不再是单身陶子橙，她是张东扬的妻子。一个与她分居两地的公务员、她的高中同学，如今是陶子橙的丈夫。谁说结婚都是因为爱情？很多人的婚姻其实都是与爱情无关。

"以这个孩子为要挟，范一佳几乎闹得满城风雨。后来她成功入驻我家，我大姐起初是很反对的，但是我父母想要这个孩子。"许铎双手抱头趴在方向盘上。

看来，于范一佳而言，人生机会是掌握在自己手中的。她精于布局，终于脱离了报社广告部记者的身份，终于摆脱了与老男人的那场婚姻。在自己姿色还算尚可的年纪，她得到了想要的生活，豪宅豪车极尽享用。

"但是，从那之后我再也没有碰过她。我自始至终都没有和她举办婚礼，更没有领取结婚证。她只是孩子的母亲，而并非我们家庭的一员。"许铎补充说道，他想以此最为关键的一点，来保全自己在陶子橙面前一丝丝的清白。

这一点确实也让陶子橙始料不及。虽然她不喜欢范一佳这样的为人，但是从女人的角度讲，许铎的这种做法是残忍的——既然一切皆成事实，她有缘做了他孩子的母亲，为何不给他妻子的名分？

没有一纸婚姻做保障，范一佳也绝不满足于窝在家里侍候孩子。孩子两岁时，她再三央求，终于得到许卓董事长同意，在其新开拓的商业地产公司负责企宣，也与她原来的职业相关。四年后，范一佳做到了商业地产公司副总的职位，负责新地产项目的开发与招商。

有了孩子这把情感利器，再有了事业这把尚方宝剑，范一佳自认为她拥有了牢不可破的保护墙，拥有了坚不可摧的靠山。即使许铎不认可她，她也会在旭腾集团永远地占有一席之地。

在夜晚的潮起潮落间，陶子橙听完了许铎的讲述。他们之间，现在只剩下了沉静。短暂的沉静，将这一对曾经有故事的男女拉开了千言万语也难以企及的距离。如同汹涌的海水，在这一波海浪涌来时碰撞出浪花，而下一次聚集碰撞，不知何时。

"许铎，每个人都该往前看，往前走。你和范一佳的事情，我只当是听了一个故事。既然有了孩子，你就和她好好过日子吧。"陶子橙表情归于淡定，像是在自言自语地说着。

"不，橙子，可是你又出现了。"许铎似乎又要激动。

"许铎！我的出现不会改变你的任何生活轨迹。"陶子橙坚定地说着，"也许，我只是无意间走入你生活的小插曲，我注定做不了你的主旋律。十年前如此，十年后更是如此。"

"橙子，有什么不可能？"许铎激动地抓住了陶子橙的手，靠过来说着，"橙子，我听芭蕉说你结婚了，可是他不适合你。橙子，你离婚，我马上娶你。"

"许铎，我很理性地告诉你，在我们这样的年纪，我觉得你说这样的话很可笑。你不要总是把'娶我娶我'的话挂在嘴边。"陶子橙抽出了被紧握的手，郑重地说着，"你为什么要娶我？"

"喜欢你就想得到你，想娶到你，这还需要理由吗？"许铎回答。

"我只是来陪闺蜜出差游玩的，我没时间陪你游戏人生。"陶子橙干脆利落地告诉许铎，"现在的你，至少要对你的孩子负责，不该再像以前一样在其他女人身上浪费精力。你送我回酒店吧！"

"孩子六岁了，是个男孩，现在基本跟我父母生活在一起，有保姆照顾着，一切都很好。"许铎边调转车头边说着，"有时候看到孩子澄明的眼睛，我就想，其实就这么陪着孩子过下去也就算了；有时候却觉得极不平衡，生活在被别人设计的局里，难道我就没有追求情感的权利了吗？橙子，你懂我的心情吗？"

许铎的右手又伸过来摸陶子橙的头发，陶子橙躲开了。

想想许铎目前的处境，看来他对范一佳一直是心存恨意的，这种恨意六年来犹存心间。陶子橙眉头紧蹙，愁容不展。她也为许铎的境遇略感叹息，那么不可一世、呼风唤雨的一个男人，如今被亲情羁绊而甘愿委曲求全。但是，理智告诉她，这一切与她陶子橙无关，与她有关的是张东扬。她必须将许铎的一切从脑海里屏蔽掉，不能有一丝犹疑。

其实，这一夜，躺在酒店房间里的陶子橙不能安睡，间断性失眠。许铎、陶子橙、范一佳甚至芭蕉、茉莉以及周边的每一个人都难有完满的生活，每个人都在不完满中委曲求全。

陶子橙，拥有完整的婚姻，但难有渴望的爱情。

许铎，拥有财富，但难有完美的婚姻。

范一佳，拥有孩子，但难有完整的家庭。

甚至，芭蕉，拥有快乐的性格，却难有清净的灵魂。

甚至，茉莉，拥有不错的事业，却难有自我的生活。

甚至，每个人，都是如此。

昨天中午的饭局上，偶然遭遇了范一佳，这让闺蜜三人的心情大跌，海边游泳计划泡了汤。三人商议，这一天的上午，先去海边玩个痛快。陶子橙也太渴望让海水、日光和流沙冲刷掉昨晚和许铎见面带来的心情阴霾。

突然冒出的许铎，突然被揭开的故事，已经让这次东华市之旅变得不平常。但是,闺蜜们约定好的快乐一定要践行。三个人在海边嬉水，晒日光，拍照，玩得不亦乐乎，这是来到东华市的两天里最快乐的一段时光。

就在三人沉浸在无比快乐的时光时，茉莉的电话响了，接完电话后的茉莉脸色大变。星海项目的副总说招商计划有变，他们暂时不考虑与"朵颐"的合作。东华市是茉莉下一步新开店计划的重点，而且星海项目是他们意向中的重点项目。从开始接洽到这次实地考察，合作意向一直是在良好地推进的，这样的突然变化让茉莉措手不及。

"一定是范一佳在背后捣鬼！"陶子橙抹一把脸上的海水，愤恨地说。

"这个女人惯于背后设局，绝对是她。"吃早餐时，听陶子橙讲述了许铎与范一佳的关系，芭蕉对范一佳没有任何好感。

"哎！无所谓了，我们再找其他机会吧。做生意就是如此，变数随时会有。"茉莉叹息道。

"茉莉，她这是公报私仇。她范一佳和你又没什么矛盾，凭什么拿这事来泄私愤？你等着，我去找许铎。她想要挑衅，我就应战！为了你，我接招！"为了闺蜜，此刻，陶子橙骨子里的义愤填膺完全爆发出来，她才不管后果如何。

正如同十年前，陶子橙为了帮助报社女同事田薇对付第三者事件时的义愤填膺。

## 19. 有钱的男人都危险

　　茉莉与星海假日广场的接洽已有一段时日，这次来到东华市在某些程度上也是受星海方面的邀请来实地考察，他们的合作推进一直是比较顺畅的。但是，自从昨天范一佳得知了陶子橙与茉莉的朋友关系，星海就单方面对合作提出了质疑。面对范一佳故意从工作上刁难茉莉，陶子橙无比愤慨。

　　"这女人太刁钻，太有损职业道德了，竟然在背后玩阴招。"芭蕉更是气不过。

　　陶子橙心里最清楚范一佳的为人，她做出如此举动也符合她的处事准则。陶子橙简要地把范一佳和许铎的前后故事告诉芭蕉、茉莉，引得两个闺蜜一阵唏嘘。

　　"他们都有孩子了！橙子，你还是不要做许铎的阔太太了，你可不能当孩子的后妈！"芭蕉一语就戳中关键点。

　　"橙子，这么复杂的关系，我们还是敬而远之吧。你也千万不要为了星海的事情再去找许铎了，大不了我放弃这个项目。"茉莉说着。

　　"茉莉，这是你今年开店计划的重要项目，怎能因为我这些男女私情的陈年往事而影响'朵颐'的整体扩张呢？绝对不行。"陶子橙郑重地说着。

芭蕉也点头称是，说："茉莉，橙子说得对，不能放弃。若是放弃了，好像我们是被她击败了，所以无论如何也要拿下。橙子，去找许铎。"

第一次主动出现在许铎办公室里，陶子橙突然有片刻的不知所措，许铎更是惊讶。曾经数次渴望得到眼前这个女人而数次未遂，如今主动出现的陶子橙让许铎脸上难掩内心的惊喜。

于男人而言，没有到手的女人总是完美的。也许，于许铎这个男人而言，陶子橙是他一直没有得到手的，所以陶子橙是完美无暇的。

"许铎，有件事，我想请你帮忙。那天茉莉和你提起的星海假日广场是你们旭腾旗下的项目吗？"一想到茉莉的失望与无奈，陶子橙的开场白直接提到了星海。

"是的，那天还没来得及说，那个女人就出现了。"许铎在提到范一佳时用"那个女人"代指，由此可见他对她的厌烦。

"是这样的，东华市是茉莉的'朵颐'今年新开店的重点城市，星海假日广场是她意向合作中的项目，而且，他们已经接洽过很长时间了。这次来考察，彼此合作进展也很顺利。但是，自从范一佳得知了我和茉莉的关系，星海方面就通知茉莉他们的合作暂时不予考虑了。很明显，这不是公报私仇吗？有事情可以冲着我来，怎么可以拿工作的事情开玩笑？"陶子橙越说越生气。

原本是想悄悄地来、悄悄地走，"不带走一片云彩"的，现在为了茉莉的"朵颐"，陶子橙大有备足马力、完全应战的架势。

听完陶子橙的讲述，许铎没有任何一句回应，拿起桌上电话拨了几个数字，"我是许铎，落实一下星海那边和济南的一个品牌'朵颐'的合作进展，留出最好的位置，尽快签约。"

挂断电话，许铎看着陶子橙。困扰的难题突然在几秒钟内解决，陶子橙突然又不知所措了。许铎的眼神里除了固有的不可一世的霸道，更多的是期待陶子橙的热情回应——如同调皮的孩子做了好事后等待老师的表扬，更如同献上玫瑰的恋人等待对方的热吻。

但，陶子橙，不知所措。

如果呈现兴奋与热情，怕让许铎误会她为了谢恩而要主动逢迎；如果示以冷静或沉默，怕让许铎误会她丝毫不领情。

"橙子，只要是你的事，我都会答应。"没有等到陶子橙的回应，许铎走过来握住了陶子橙的双肩。他是想顺势来个拥抱，但是陶子橙躲开了。

"我替茉莉谢谢你！"陶子橙低头说着。

拉陶子橙坐到落地窗户边的沙发里，许铎坏坏地笑问："那你如何感谢我？以身相许吧！"

"还开这种玩笑？都是已婚的人了，我凭什么条件嫁，你凭什么资格娶？"陶子橙也放下了剑拔弩张的态势，轻松地面对许铎。

"你离婚，我马上就娶你。"许铎当即回答。

听到此话的陶子橙准备起身离去，手却被许铎拉住了。

"橙子，认真地说，为什么不选择嫁给我？"许铎问。

"许铎，我记得当年就回答过你，每个女人都想找一个安稳可靠的男人。可是你出现的方式太戏谑，你追求我的方式太霸道，你的所作所为太反常，你对我的兴趣只是一时兴起。你是在玩征服游戏，可我不想做你这个花花公子玩腻后抛弃的棋子。"陶子橙认真地回答许铎。

十年前陶子橙就是这么想的。

二十二岁毕业，涉世未深的陶子橙奔跑在新闻一线上。因为专做财经人物采访，她得以有机会认识很多经济圈人物，大大小小的企业家、形形色色的男人。怀揣着新闻理想，除了采访写稿，陶子橙的社会阅历几乎是零。

在第一个采访对象说采访太累，提出到酒店房间休息时，陶子橙不知道那就是卑鄙的开房行为；在第一个采访对象借由感谢，猛烈灌她喝酒，企图动手动脚时，陶子橙不知道会有男人如此龌龊；在第一个采访对象开车接送她吃饭送她贵重东西时，陶子橙不知道她需要以身体来交换。

自己跌跌撞撞经历过太多之后，陶子橙意识里固执地认定了一个最浅俗的真理：有钱的男人都危险。她驾驭不了，她更不想玩火自焚。

所以，陶子橙当年没有选择许铎。

与罗威分手后，在流离奔波的状态下，在家人的催促下，在和张东扬谈恋爱不到半年，在张东扬考上老家城市的公务员时，陶子橙决定嫁给张东扬了。在当时的陶子橙看来，张东扬可靠稳重，公务员的工作更让她觉得安定踏实。

张东扬离开济南回老家城市工作，陶子橙自己留居济南。两地分居的生活，一过就是五年。

"你不选择我，就是为了现在这种两地分居的生活？你不爱他，橙子，不然怎么会两地分居五年？"许铎再次激动地抓住了陶子橙的手。

## 20. 陶子橙发现自己不会爱了

一语击中了陶子橙的软肋。

如果没有旁人的关注与疑问，陶子橙可能就一直这样和张东扬过下去，散漫平淡。她不想再对自己的生活做横切，如果没有变故，她只想恒定在一种状态里。

过去十二年的记者生涯，她经历了奋斗与颓废、钩心与斗角、明丽与忧伤、爱恨与情仇，看惯了奢华与贫穷、跌宕与坎坷、友善与虚伪。一切的一切，只当做生活的脚本丰富了人生的记忆。

陶子橙坚信，人的一生，每段时期有每段时期的使命与状态。现在的她，只想，如此，就好，有婚姻，有闺蜜，有朋友，有工作。

"我爱不爱他，你从何得知？"陶子橙的情绪开始激动，随即站起身来。想到茉莉和星海的合作，她又回转身面对许铎用稍微缓和的语气问："茉莉和星海的合同真的能近期签约吗？明天或者后天，我们就该回济南了。"

"最快也得一周多。刚才地产那边李总告诉我说现在都是意向阶段，过几天才进入合同阶段。要不我安排他们先和茉莉签约？"许铎试图讨好陶子橙。

"那不必，按照你们正常流程进行就行，签约时我再陪茉莉过来吧。"陶子橙略微迟疑后，又道，"请问，那个，范一佳在星海是什么职务？"

"她只是旭腾地产下面的项目总经理，我已交代了地产公司的李总，你放心吧。"许铎看出了陶子橙的担忧，赶紧讲明。

陶子橙准备告辞，许铎却一把拥她入怀。在陶子橙挣扎时，许铎的唇却压到了陶子橙的嘴上，他的狂吻几乎让她窒息。

挣脱开许铎的身体，陶子橙气得眼泪几乎要流下来，"许铎，你本性难改！你以为你帮我一个忙，就可以动手动脚吗？"

"橙子，不要误解，我是情难自禁。"许铎着急解释。

"从现在开始到我们离开东华市，我不想再见到你。"陶子橙说完跑出了许铎的办公室。

芭蕉和茉莉等来了陶子橙胜利的好消息异常兴奋，她们丝毫不知道许铎对陶子橙的过分举动。当然，陶子橙决不能在茉莉面前泄露出一丝一毫。她会想尽一切办法促成茉莉与星海的合作，决不能因为自己而影响"朵颐"的发展计划。

三个闺蜜决定，明天不受任何人影响，尽情玩耍一天，后天坐飞机返程。

这是此次三个闺蜜的东华市之旅最尽兴的一天，一起出海去海中孤岛，吃海鲜大排档，晒日光浴，看海鸥。芭蕉给她们拍了很多美丽的照片。三个闺蜜把这些美丽的瞬间发到微信朋友圈和微博里，各种赞及各种回复再次纷至沓来。

回程的轮渡上，芭蕉看着手机笑得前仰后翻，"可让我们家老于头笑死了，他说咱们来东华市四天了，才第一次冒泡发微信朋友圈信息，他还以为咱们被拐卖到渔村里当光棍媳妇了呢！"

海风吹得她们长发飘飞，三个闺蜜笑得花枝乱颤。

"你们家哪个'老鱼头'啊？"陶子橙和茉莉几乎同时发问。

"是多余还是等于啊？哈哈哈。"陶子橙继续笑问。

芭蕉的老公姓于，等于的于，叫于伯格，是她的初中同学。当然，芭蕉并非初中就与他早恋，他们的恋情是在于伯格海外留学回来以后才发展的。他们在同学聚会上再次相遇，条件相当，年龄相仿，双方父母同意，于是结婚，已经三年。

芭蕉的身边还有另一个男人姓余，多余的余，叫余延森。在于伯格回国之前，余延森一直追求芭蕉，只是比芭蕉大九岁的年龄和离婚的身份，让芭蕉的父母一直没有同意他们的恋情。只是余延森对芭蕉也算有情有义，极力鼓励并资金支持芭蕉成立了自己的摄影工作室。后来两人虽然分手，芭蕉和别人结婚，但是余延森依旧对芭蕉关怀备至，几乎升级成为芭蕉的精神导师。两人一直把彼此当作最好的朋友。

"当然是'等于'啊！'多余'哪有这么幽默！"芭蕉边翻手机边回答，"不过，'多余'说咱们回去请咱们吃饭。"

"OK，没问题。还是'多余'这样的男人实用啊！对了，让他明天直接去机场接咱们得了。"陶子橙顺势依偎到芭蕉肩膀上。

"别麻烦人家老余了，我安排助理明天过来接咱们就行了。"茉莉说着。"橙子，明天是周五了。这个周末你回张东扬那里，还是张东扬去济南？"

"不知道呢，回去再说！"陶子橙的语调低了下来，似乎听到自己老公张东扬的名字，她没有丝毫的兴奋。

按平常道理，分居两地的男女应该是渴望周末的，只有在周末或假日，他们才能践行夫妻生活，才能男欢女爱。但是陶子橙似乎不太想面对这个问题。

自己到底爱不爱张东扬，即使许铎不点明，陶子橙心里也清楚。

和大学时代的男朋友谈了一场四年的恋爱后，陶子橙似乎倾尽了所有的情感。那个男生原天遥，陶子橙从十八岁与他相恋到二十二岁，她为他倾尽了青春情感的痴迷。她与他一起从青葱到成熟，为他流泪，为他写诗。她的第一次是给了他的，第一次堕胎也是因为他。后来由于毕业等各种事宜磨折了感情，分手是最终的结果。陶子橙轰轰烈烈的爱情就这样夭折了。

过去只是过去，陶子橙已无法触摸回忆的温度。

自此以后，无论是罗威，无论是许铎，无论是张东扬，抑或是在她生命中出现的星星点点的男人，陶子橙都发现自己不会爱了。


三个闺蜜嘻嘻哈哈地回到揽海酒店大厅的时候，陶子橙一眼就看到了坐在显眼处的范一佳。看到陶子橙，范一佳站了起来，看得出，她是在等陶子橙。

"她的突然到访，也许和今天自己去找许铎有关，和星海、'朵颐'的合作有关。"想至此处，陶子橙立即示意芭蕉茉莉先回房间。

"陶子橙，你以为你找了许铎，就会保证你朋友和星海的合作会万无一失吗？要知道，我也可以找许卓董事长。"范一佳冷笑一声，继续说，"还有，我想你不够了解许铎。即使你朋友成功和星海合作了，难道你不需要为他付出什么吗？"

## 21. 男人女人想要在一起，总有机会；男人女人不想在一起，总有借口

渴望简单，但是现实总是麻烦。

平静的海面下总会有暗礁。范一佳的出现，给这愉快的一天画上了不完美的句点。陶子橙不想招惹他们，但是茉莉和星海的合作怎么办？

房间里，趁着茉莉洗澡，陶子橙赶紧把刚才与范一佳见面的内容告诉芭蕉并商议对策。

"如果许铎的为人真如那个女人所说，那这俩人都有翻盘的可能性。那个女人有可能去找旭腾董事长阻止茉莉与星海的合作，许铎有可能以茉莉的合作为由对你提出非分要求。如果你不答应，那合作就黄了。"听完陶子橙的话，芭蕉开始分析道，"这可恶的世道，可恶的人心，人刁难人，做点事情都举步维艰。茉莉支撑这么大一公司确实很不容易啊！"

听到这里，陶子橙的内心更是一紧——为了茉莉。

"所以，我无论如何，要帮茉莉把这个合作拿下来。"陶子橙下定决心说。

"那你岂不是羊入虎口？啊！橙子，不要，我可不能眼看着你往火坑里跳！"芭蕉一阵着急。

"可我现在唯有抓住许铎才能保证顺利拿到合作权。再说，我有什么条件，可以值得许铎和我谈，我没钱没权没色没相的，如果他就想上床，我就陪他，如果上床能换回茉莉与星海的合作，我也值了，超值！对吧？芭蕉。"尽管说出这话的时候，陶子橙是鄙视自己的，但她此刻突然充满斗志。她不想一直像电视偶像剧里的女主角，悲悲戚戚的，她要强大起来，只求最后成功，即使被人看作"绿茶婊"也无所谓了。

"什么超值啊！你俩又在淘宝买东西？"茉莉裹着浴巾正从卫生间里开门出来。

"没。说明天的机票呢！五折，超值。"芭蕉总是反应机敏。

一切按原计划进行。明天回程，静观其变。

许铎来电话问明天的归程如何安排，陶子橙不想再见到他，不想再节外生枝。她支支吾吾地说茉莉都安排妥当了，不需要他送机，并感谢他这几天的款待。说完，她赶紧挂了电话。

挂断电话后的陶子橙又略微后悔自己的不热情，既然目前的策略是抓住许铎以求得到茉莉与星海的合作，那她该稍微表现出热度。于是，给许铎发了条微信：在东华市的这几天，谢谢你的盛情。与茉莉签合同时，咱们再见！

陶子橙对自己的这条微信内容很满意，看似普通无奇的几个字，除了感谢，言外之意是已经肯定许铎一定能给茉莉争取到合作，而且那时可以再相见。

落地济南，三个闺蜜的东华市之旅结束了。

坐在茉莉助理的车上时，陶子橙又有了新的令人头疼的问题——今天是周五，到底是她去找张东扬还是张东扬来找她？其实，这两者，她都不渴望。

她的婚姻绝非她理想中的状态，陶子橙曾经看过一段对婚姻的描述，是她理想中的婚姻境界：婚姻需要爱情之外的另一种纽带，最强韧的是关于精神的共同成长，那是一种伙伴关系。在最无助和软弱的时候、在最沮丧和落魄的时候，有他托起你的下巴，板直你的脊梁，命令你坚强，并陪伴你左右，共同承受命运。那时候，你们之间的感情除了爱，还有肝胆相照的义气，不离不弃的默契，以及铭心刻骨的恩情。

而，陶子橙和张东扬，只是有张法律上认可的结婚证，每一周或两周见一次面，偶尔的身体接触，喊彼此父母为爸妈。除此之外，精神物质都是各自独立的。

两人如同平行线。山和水可以两两相忘，日与月可以毫无瓜葛。他们，只是一个人的浮世清欢，一个人的细水长流。

"我回到济南了。"陶子橙试探性地发一条微信给张东扬，看他如何安排。

"周末你回来吧，橙子，周六我还有个会议要开。"张东扬回复。

"这周我回老家，张东扬周末开会。"陶子橙和芭蕉、茉莉说道。她眼睛一闭，脑袋往后一仰，脸上没有丝毫喜悦。

"又半个月没见面了吧！你们一直分居两地，没有想过办法凑到一起吗？回去也好，顺便看看爸妈。"茉莉说。

"橙子在济南上学工作，待了十来年了，怎么会轻易回到青城老家？张东扬好不容易考上公务员，能轻易辞职吗？她俩的问题，看似简单，实际很麻烦。你说这个张东扬吧，本来在济南工作也挺不错，怎么又考回青城的公务员了呢！硬生生地和你分开了。"芭蕉又唠叨起这些老情节。

"你这次回去可千万不要暴露出你在东华市遇到老情人了啊！"芭蕉嘱咐道，"赶紧把手机、微信、电话记录等都删除了。"

"删除什么呀！按你说的，好像我真做了什么龌龊事似的。"陶子橙笑着说道。


如果把张东扬换做是原天遥，陶子橙一定会放下一切追随他到天涯海角，义无反顾。陶子橙也很纳闷自己怎么突然想到了原天遥。

那时候的爱情，没有虚伪，不受俗世干扰，用力爱，用力哭，用力笑。在陶子橙的记忆里，二十岁左右的年纪，是她最享受纯粹爱情的一段时光。那段时光美好而青涩，一去不返。随着大学毕业，两个人因工作问题分开两地，真的是分隔天涯，遥远无比了。再随后，空间与距离磨折了爱情，各自蹉跎。后来，在家庭的催促下，各自成婚，从此无缘。


男人女人想要在一起，总有机会；男人女人不想在一起，总有借口。

陶子橙明白自己，从原天遥之后，所遇男人不淑，要么居心叵测，要么面目狰狞，她不敢爱了。也许，这对张东扬不公平，只是，陶子橙无法伪装热情。在这种温吞的婚姻日子里，她生活得有气无力。

傍晚时分，陶子橙驱车一个多小时回到了青城，回到了她和张东扬的家。其实，她倒是习惯了张东扬的这种平淡温吞与不喜不悲。如果他像其他男人一样表现出久旱逢甘露的饥渴，陶子橙会不适应并心生厌烦。尽管，作为他的法定妻子，与他进行床笫之欢是受法律保护的行为。

但是，这一次，张东扬突然一改常态。陶子橙一进门，他就抱起了陶子橙进了卧室，身体直接压了上来。

"干吗？"陶子橙本能地拒绝并发问。

"还能干吗？橙子，你不觉得我们该要个孩子了吗？"张东扬嘴唇已经吻了上来，并解开了陶子橙的衣服。

陶子橙一阵厌恶，他突然反常的一次激情迸发，竟然是为了传宗接代，而丝毫不顾她的感受，不顾她的舟车劳顿。但是，此刻，她除了接受他在她身体上的忙活之外，又能奈何？

## 22. 存在即有意义

男欢女爱的事情，一方火热一方冷淡，再愚钝的人都能感觉出来。

张东扬也觉察到了陶子橙的不情不愿，事毕躺在一旁的张东扬问她怎么了。

"没什么，就是刚出差回来又开长途太累了。"陶子橙边穿衣服边推脱说着。

"对不起，橙子，我太想要你了，都忘记你旅途劳累这回事了。"

张东扬赶紧道歉。

如果你侬我侬，离别男女见面的第一件事恐怕就是迫不及待的欢爱，这恐怕是消除疲劳的最佳良药。而把劳累做借口来推脱欢爱之事的，八成是有问题的。

陶子橙内心澄明如镜。趁着张东扬还躺在床上，陶子橙从包里拿出手机赶紧查看"大姨吗"，这是一款女性专用查看生理期的软件。今天竟然是在排卵期范围内，陶子橙内心一惊，尽管怀孕概率不大，但是她还是决定明天去买避孕药。

要孩子这个问题，对陶子橙来说，还是遥不可及的事情。或者说，她目前根本不想和张东扬要孩子。

第二天一早，张东扬回单位开会，陶子橙就独自回爸爸妈妈家吃午饭。路上，她没有忘记到药店买紧急避孕药。妈妈每次唠叨的问题无非就是不要分居两地了，赶紧要孩子，东家李阿姨家的外甥三岁了，西家马阿姨家的孙子上幼儿园了等等。

饭后，陶子橙撒娇耍赖地搂着妈妈应付了几句，陪着爸爸喝了一壶红茶。一想到她的排卵期遭遇张东扬的高涨激情，她就决定给张东扬发了条微信，以工作为由提前回济南了。


在闺蜜三人的微信小群"秘小田"里，陶子橙发了句：都在哪里？去"朵颐"见面吧！

平时工作再忙，她们三人基本上每周都会在"朵颐"聚会一次。

"怎么办？怎么办？他想要孩子了，我可是一点儿都不想要，怎么办？"一见到芭蕉茉莉，陶子橙立即大喊大叫，包往沙发里一扔，愁容满面。

如一首歌《明天也要作伴》里唱的，"有事你要人商量，我最喜欢，欢迎找麻烦。"三个闺蜜就是如此。

"橙子，按理说，张东扬提出这个问题并不过分。你们结婚五年了，双方父母早都着急了。你能拖得过初一，拖不过十五。你该好好计划计划这事了。"理性的茉莉首先发言。

"要计划早就有计划了，没计划就是因为没感情。橙子又不想跟他回青城老家，又不想和他生孩子，还不如趁早离婚，长痛不如短痛。"芭蕉干脆利落，但是似乎很在理。

"芭蕉！自古以来，劝和不劝分，不到万不得已，不能离婚。如果离婚了，将来橙子背负着一个离婚女人的名号也不太好。"茉莉依旧沉着稳重。

"哎呀！没想到茉莉你还有这么传统的思想。这个社会离婚算什么呀！再说，人家许铎等着橙子离婚后娶她呢！"芭蕉边喝果汁边说。

"对啊！橙子，有许铎呢！他不是眼巴巴等着娶你吗？人家都等了十年了，就答应吧！"芭蕉越说越兴奋，摇着陶子橙的胳膊笑嘻嘻地说着。

"你还开玩笑，橙子都快愁死了。橙子啊，结婚，离婚，生孩子，这都是人生大事，你一定慎重考虑！你做出的决定关乎你将来的生活状态。"茉莉认真说着。

再慎重考虑，也不是三两天内会有结果的。其实，人的生活际遇都是命定的，有时候主观争取，却往往事与愿违。人生都是在一种顺其自然的状态下行驶你该行走的轨迹，也许，这就是宿命论。

芭蕉说，余延森明天请她们三个人吃越南菜。作为芭蕉的精神导师、最好的男性朋友，余延森经常请三个闺蜜吃饭。而四人的关系也还都不错。

无论何时见面，余延森都是一副休闲运动装扮。一直坚持打网球的爱好使得他精力充沛，看起来他比实际年龄更显年轻。

"瞧！你这个'编外男人'挺不错的！当时叔叔阿姨要是同意了该多好啊！"趁着余延森去卫生间的工夫，陶子橙故意趴在芭蕉耳朵上窃窃私语。

"人家于伯格、张东扬都不错，就你俩整天臆想这些离谱的事儿！"茉莉斜眼瞅她俩一眼，继续翻看菜牌。这是茉莉的职业习惯，每到一家餐厅，都要研究与学习菜品。

"我们都不如你啊，嫁了个富二代，而且是高富帅。我们家这海归回国后还要重新就业。橙子家那位就是个小城市的公务员，和你家张霆一比，都弱爆了。"芭蕉满脸艳羡地说着。

"我家张霆？他？不说也罢。"茉莉一停顿之后说，"我一直坚信一句话，存在即有意义。世上的万事万物万人，只要存在的、发生的都是有它的意义的。这三个男人能成为我们三个女人的另一半，也是有它的道理和意义的。"

说到张霆，芭蕉也是欲言又止。想起不久前，她在摄影助理小姑娘邱灵尔的朋友圈里发现了一张照片，一张一男两女的自拍。照片虽然模糊，但是照片中的男人分明就是张霆，典型的纨绔公子哥做派，声色场所里举着酒杯对美女左拥右抱。

芭蕉再心直口快，也没鼓起勇气跟茉莉说起此事。根据她对茉莉和张霆的了解，茉莉是干涉不了张霆的。双方财力相当世家交好，因此联姻。张霆是富二代，在家族企业负责，事业上并无可圈可点之处，对待女人却有些喜新厌旧、追奇猎艳。而茉莉也根本没把太多的心思放在张霆身上，她追求自创品牌的打造，再有时间，就去旅游读书学习深造。

也许，对于这样的事情，茉莉早已视而不见，不想为此浪费精力与口舌。只要张霆的招蜂引蝶不至于太过分，她就置之不理。

也许，在茉莉的观念里，对付男人的三心二意，最上乘的对策，就是冷眼旁观加置之不理——你的任何行为在我心里产生不了任何涟漪。


陶子橙碰了一下正在走神的芭蕉，说道："茉莉好哲学啊，我们拜她为精神导师吧！"


"对！茉莉，你收了她吧，指引她该不该离婚嫁给痴恋她十年的许铎。"芭蕉猛地回过神来，也嬉笑着说。

"哪有什么可指点的？婚姻幸福不幸福，没有既定的标准，也没有既定的形态。"茉莉边说着，笑脸突然略微收回，"余延森回来了，都正常点吧！"

当然由于平时见面次数不少，一男三女这四个人在一起也并不拘谨。余延森问："去东华市玩得好吗？茉莉这次谈的合作怎么样？"

"玩得还可以，合作有问题。"芭蕉抢占先机迅速回答了。

"什么问题？东华市那边我有相熟的关系，可以帮你过问一下。"在芭蕉的闺蜜面前，余延森很是热心。

"橙子有过硬的关系，但是，但是，看看情况再说吧！"芭蕉欲言又止。

正此时，陶子橙的手机响了，是张东扬的微信，告诉她这个周末他来济南。

看完微信，陶子橙的手机又响，是许铎的电话，陶子橙起身去接电话。

"瞧，这就是橙子那个过硬的关系打来的电话。"芭蕉示意给余延森说。

"许铎通知我和茉莉周五过去，大概是要签合同。"陶子橙对着茉莉和芭蕉说着，"但是，张东扬刚才说了，这个周末他要过来。"

陶子橙面露愁容。

只有芭蕉心里最清楚，面前的陶子橙辗转为难为哪般！

## 23. 任何事情都不要被表象所迷惑，变数随时存在。

"你和张东扬这是纯粹的周末夫妻，好不容易盼到周末见面，这个周末你回青城只待了一晚就跑回来了。下个周末人家来济南，你就好好地在这里等着他！东华那边，我自己带助理去就行了。"茉莉当然是首先站出来替陶子橙做选择，她的主张是撮合她俩。对于范一佳的背后捣鼓和许铎帮忙的真实与否，茉莉并不知情。

"我们俩老夫老妻了，还在乎这一周两周？我当然是陪你，为闺蜜两肋插刀嘛！"和芭蕉交换一下眼色后，陶子橙赶紧放下踯躅情绪，大大咧咧地说着。

"就是就是！绝对不能重色轻友。"芭蕉也赶紧附和说。

看到她们三个闺蜜如此"江湖义气"，余延森也很是欣赏。他乐呵呵地看着眼前三个明丽的女子用"江湖"的方式对话，然后对芭蕉说："下周，你这俩闺蜜去了东华市，我带你去看个地方吧？适合拍婚纱外景，很隐秘，一般人绝对找不到。"

"太好啦！太好啦！"芭蕉一阵雀跃。

"当心哦，越是隐秘的地方，孤男寡女越是有危险哦！等我回来后，再为你两肋插刀陪你去？"陶子橙故意调侃。

"你哪来那么多肋骨那么多刀，插得过来吗？"芭蕉一回话，四个人都笑了。

周四的时候，陶子橙去剧组转了一圈后，就径自去摄影工作室找芭蕉了。做了小老板的芭蕉偶尔来了兴致还是会亲自操刀拍摄，这是源于对摄影艺术的热爱。芭蕉的小助理、一个性感小美女邱灵尔围着男模特转来转去。她如一只跳圆舞曲的蜜蜂，甜蜜又忙乱。

芭蕉的工作室名字叫"影的诗"，一座二层的小将军楼。从外面看去，这座楼极富民国特色，枣红色砖墙，灰白石灰台阶。二层的小露台上有一个木质圆几、一对木头坐凳。绿植的枝枝蔓蔓顺着露台墙壁垂下去，摇曳在风中。露台上不需要那种大遮阳伞，因为楼前一株巨大古老的槐树几乎遮挡了中午以后的烈日。芭蕉和她的"影的诗"摄影工作室就是背靠这棵大槐树，好乘凉。

等芭蕉拍完一组镜头到露台找陶子橙时，陶子橙已经喝了一杯菊花茶，翻看完了所有最新的杂志。

"芭蕉，你得帮我个忙，你给张东扬打个电话，就说周末你要我陪你去看外景拍摄地，不在济南，别让他来济南了。"陶子橙一见到芭蕉就直接开宗明义。

"啊？撒谎这事，要是被他识破，我就在他面前形象扫地了。得了，我也为闺蜜两肋插刀了。"芭蕉略微迟疑后给张东扬打了电话。


周五傍晚，陶子橙、茉莉以及茉莉助理三人顺利坐上了济南飞往东华市的航班。

短暂的航程，晚饭前到达。许铎接机，请吃晚饭。当得知许铎的身份时，茉莉的助理，一个九零后小女生兴奋地趴在陶子橙耳边偷偷说："橙子姐，你好厉害，星海的上级老板去机场接咱们，还请咱们吃饭，那这合同百分之百没问题了。"

"任何事情都不要被表象所迷惑，变数随时存在。"陶子橙一本正经地告诉九零后女助理，连她自己都被自己的哲理小小震撼了一下。

有了前几天和范一佳的短暂交涉，陶子橙知道，她唯有抓住许铎，才有可能确保茉莉与星海的合作。所以，这次出现在许铎面前的陶子橙装扮鲜艳讨好，言语柔和了些，笑容也多了些。

晚上依旧安排住在揽海大酒店。趁着茉莉洗澡时，忐忑不安的陶子橙一直在房间里踱来踱去，她犹豫着要不要给许铎打电话问问情况。她的犹豫在于，主动打电话会不会有投怀送抱讨好之嫌，不打电话就怕在战斗开始前知己不知彼。

终于，电话拨了过去。

许铎似乎在等待这个电话，说："橙子，怎么现在才打给我，需要我过去接你吗？"

"不需要了，我和茉莉已经休息了。"陶子橙赶紧拒绝，"明天什么情况？你能完全决定？不会再有什么意外吧？"陶子橙小心翼翼地试探性地提问，她的言外之意就是范一佳和许董的阻碍。

"明天上午洽谈，下午签合同，放心吧！有我呢！"许铎说得胸有成竹。

在茉莉洗澡出来时，陶子橙已经挂断电话躺在床上看电视了。"明天上午的洽谈，你和助理去吧，我睡个懒觉。下午签合同时，我再陪你过去。"陶子橙懒懒地说着。

"好的，听你安排，等我回来一起吃午饭。"茉莉知道陶子橙一定会睡到中午。

但是，第二天，陶子橙没有机会睡到中午。

电话铃声大震，是芭蕉，里面传来的芭蕉的声音更是大震："橙子，完蛋了，我刚才在光华广场门口碰见张东扬了，他竟然来济南了。他正好去超市买东西，我们就碰上了。见面他就问我，不是和橙子去外地看婚纱外景去了吗？我当场脸就绿了。我就说实话了，告诉他，其实你是陪茉莉去东华市签合同了。怎么办？怎么办？"

陶子橙瞬间清醒了。

怎么办？

翻看手机，果然有张东扬的微信。因为长期分居，张东扬和陶子橙习惯了用微信、QQ等聊天工具联系，长途电话毕竟是话费贵一些。

张东扬的微信简单犀利：既然是陪茉莉去东华市，为何要让芭蕉帮你撒谎？

## 24. 原来拥有权力的男人如此有魅力

从被窝里忽地坐起来的陶子橙紧张又懊恼。和张东扬结婚这五年，就撒过这么一次小谎，竟然第二天就被揭穿。陶子橙不怪自己撒谎功力不深，只怪老天安排得太戏谑。

类似戏谑的事情，陶子橙之前不是没遇到过。

有一次，采访结束，和采访对象要互留电话。对方说了一串号码，陶子橙用自己手机打过去，结果，坐在对面的采访对象的手机未有响动，电话里面却传来了另一个男人的声音。陶子橙很诧异地问："这不是李总的电话吗？怎么会是您的？"电话里的人说："李总是我的朋友，你找他怎么打到我这里？"然后，采访对象接过电话去，两人嘻哈聊了一番，证实了这是一个误会。

挂断电话后，陶子橙仔细一看，尾数四个六的手机号，陶子橙偏偏记成了五六个。那场戏谑事件的结果就是，稀里糊涂的陶子橙用这种特殊的方式同时交往下了这两位朋友。

但是，这次撒谎引发的戏谑事件，确是棘手的。到底该如何回复张东扬？

陪芭蕉去看外景地，陪茉莉来东华市，在张东扬这里，本都是可以被认可的理由，而她陶子橙却偏挑其一来撒谎，而且现在不知道要如何圆谎。难道要告诉张东扬，她不想要孩子，所以才逃避他？

　　更不能让茉莉知道，她是为了来东华市而与芭蕉联手撒谎骗了张东扬。当然，最不能让茉莉知道的是，范一佳在朵颐与星海合作背后做的手脚以及她对许铎的不确信。

　　"茉莉是周五中午临时提出来的，所以，我也临时改变主意陪她来东华市了。只是忘记告诉你一声。"陶子橙抓挠着头发，一阵焦虑后，拿过手机来就给张东扬回复了信息。

　　回完信息的陶子橙很为自己这种灵机一动的圆谎说法感到满意，不必紧张，轻松应付即可。况且，她又没做什么错事，更不是恶意的谎言。


　　下午一点半，根据安排，陶子橙、茉莉带着助理已经等候在旭腾集团办公楼会客区。坐着这里的陶子橙并不自在，尽管，这里与十年前相比，已经装修一新，今非昔比。

　　茉莉的助理一直在与星海方面的人接洽，忙碌着提交相关资料等事宜。陶子橙一直窝在沙发里与茉莉聊天，她是故意这么做的，她不想遇到不该遇到的人，比如范一佳。

　　然而，事与愿违。

　　透过玻璃门，陶子橙却敏锐地觉察到一张厌恶的面孔，正是范一佳。此刻，陶子橙深刻地体会到了"事与愿违"四个字的含义。陶子橙假装没看到她，专注地与茉莉说着话。但是，那张不讨喜的面孔却飘到了陶子橙和茉莉跟前。

　　"陶子橙，我们星海招商有我们的原则，你可不要因为私情搞特殊啊！"范一佳故意用半荤半素的腔调说着。

"范一佳，星海和我们朵颐的合作只能是相互锦上添花的事情，哪里会违背你们的原则？应该奉劝你不要暗中使诈，公报私仇。"陶子橙站起来应答，不卑不亢，当仁不让。

"范总，我们很欣赏旭腾地产所开发的商业项目，我们'朵颐'在山东甚至在全国也是比较有特色的餐饮品牌。我们双方从半年前第一次接洽开始，就完全是按照正常程序进行的，没有私情，也没有特殊。这一点您应该清楚。"闻到两人对话的火药味，茉莉赶紧站起来缓解气氛。

但是，范一佳似乎并不领情，"是吗？那应该看这个正常程序由哪一方来界定。祝你们好运！"丢下这句话，范一佳翩然离去。

陶子橙气愤不已。此时，她多么希望许铎来全程陪同他们，直到茉莉的合同签字，尘埃落定。此刻，许铎在陶子橙心里的形象如此高大，原来拥有权力的男人如此有魅力，这是陶子橙认识许铎十年来从未有过的感觉。

相比较陶子橙的气愤不已，茉莉却淡定安然些。她拉着陶子橙到临窗走廊边，说："橙子，不要生气。即便这里不行，我们还可以找其他商业项目合作，难道咱们在东华市还开不了店了吗？"

"可是，是因为我才影响了你和星海原本正常的合作。"拉着茉莉的手，陶子橙满脸的歉疚。

"橙子，我正找你们呢！走，去我办公室坐坐。"刚出电梯的许铎，一眼就看到了走廊里的陶子橙和茉莉。

突然忘了分寸，忘了时间、地点、人物，陶子橙几乎是扑上来的。"我正好要找你。"她拉着茉莉跟随着许铎就进了电梯。

在许铎硕大的办公室里，陶子橙未落座就直接对许铎描述了刚才与范一佳见面的始末。她生怕范一佳会背后做手脚，甚至要求许铎当面保证一定能拿下合同。陶子橙的表情凝重而张狂，她忘记了这个男人对她的企图，忘记了这个男人并不本真的居心。此刻，如革命烈士般满腔热血的陶子橙只想为茉莉两肋插刀。

"不要担心，橙子，我现在安排人送合同过来。"许铎一句轻巧的话，立即抚慰了陶子橙所有的焦躁。

陶子橙的表情转忧为喜，她兴奋至极，恨不得一下子拥抱眼前这个男人。

一阵急促的敲门声，秘书进来，神色略显紧张地说："许总，许董过来了。"

话音刚落，许卓就出现在了门口。与十年前陶子橙采访她时相比，许卓眼角的皱纹略多了些，但气场与气质依旧是卓尔不凡。

## 25. 谁停留在你生命里，是由自己决定的

许卓的出现令现场气氛尴尬而紧张。陶子橙和茉莉同时起身，礼貌地问候："许董，您好。"

"陶记者，久违！寒暄的话我不多说，咱直入主题。我不管你和许铎现在有什么关系，请你们都用严肃的态度来对待工作的事情。许铎，听说你私下帮助陶记者的朋友拿合作权，我会安排隋总过问此事。

总之，不允许以男女私情干涉公司事务。"没有多余的表情，许卓一口气说完。

看来，范一佳已经到许卓面前搬弄过是非了。陶子橙内心一惊，手心里都是冷汗。

"我配合。"还未等陶子橙反应，许铎已经应声回答。

看到眼前的情形，连董事长都出面干涉分公司下面一个小项目的合同问题，聪慧的茉莉意识到范一佳曾经可能为了阻止朵颐进驻星海而大费周章，也意识到范一佳在旭腾集团的位置并非仅仅是分公司的项目总经理——毕竟她是许铎儿子的亲生母亲，许卓董事长是顾虑这一点的。

"许总，给您添麻烦了，我们还是回酒店等消息吧！"茉莉拉着依旧懵着的陶子橙离开了许铎的办公室。

陶子橙的懵，在于许卓的一句话，"不允许以男女私情干涉公司事务"——这句话的威力如同十年前那句"自重"，直接击中了陶子橙的情绪，让陶子橙有点被侮辱的感觉。

"茉莉，她说我以男女私情干涉公司事务。我和许铎哪里来的男女私情？要是私了我也认，问题是我根本没私，凭什么这么说我。"陶子橙越说越生气，"一定是范一佳在她面前无限度败坏我。本来许铎要马上安排签合同了，许董却半路杀出来。茉莉，你知道吗？自从上次咱们在这里和她第一次见面，她知道我和你的关系，就是为了报复我而故意刁难你，破坏朵颐进驻星海。她知道我押宝在许铎身上，她就去找了许卓董事长。我之前没告诉你这些，是以为许铎会搞定一切的，现在结果又悬而未知。茉莉，我觉得我好对不起你。"

"好啦！没事的，橙子，我说你这次怎么非要陪我一起来东华市呢！原来背后这么复杂。不过，看今天的情形，我也明白了大概，看来她是真的对你心存芥蒂。合同的事情，咱们顺其自然，别太放在心上了。"茉莉把陶子橙按在沙发里，让她冷静一会儿，递给她一杯水。"不过，我觉得，范一佳心里最大的隐忧是怕你再次把许铎抢走，尽管她也从未真正得到许铎。但是，你的出现，对她造成了重大威胁。"

茉莉的话点醒了陶子橙。她又回想起了十年前遭受非议的日子，那些流言蜚语的来源都是范一佳。她来东华市采访，作为采访对象之一的许铎喜欢她，挑逗她，这一切和范一佳有何干系？但是，在陶子橙采访回程之前，范一佳已经把所有败坏的语言传递到了报社总部。陶子橙颜面尽失，加之许铎一味地纠缠，最终促使陶子橙逃离了报社，远远躲开了风雨是非。

曾经以为，那些情感纠葛，那些青春情事，早已尘封。但是，十年后的现在，从尘封裂痕处崩裂出的纠葛却再次怒放。除了时间已变，人物与故事都没变。

既然决定应战，就拿出应战的姿态，她只要一个结果：让朵颐进驻星海。这一次，绝对不能像十年前那样逃离躲避。陶子橙决定再次主动去找许铎，这是她唯一的救命稻草。

"我现在去找许铎。"陶子橙神色凝重地告诉茉莉。

"橙子，我说了，我们可以放弃星海。大不了再选择其他地产项目。你不要再和他们纠缠了，你现在是结婚的人了，没有条件也没有立场去陪他们玩这种爱恨游戏。你也知道许铎对你的想法，他若再狂妄地纠缠，万一被张东扬发现了怎么办？"茉莉拉住陶子橙，也很严肃地告诉她其间的利害关系。

但是，陶子橙已经决定了。

谁走进你的生命，由命运决定；谁停留在你生命里，却是由自己决定的。

是为茉莉的"朵颐"在做完全的努力；是为即将预见的出轨找借口；是为报复范一佳而暧昧许铎。与许铎在西餐厅里面对面坐着时，陶子橙的脑海里不断闪现这三个念头，原来自己的性情少了几分温柔，多了几丝戾气。

餐厅里，小提琴声婉约而悠扬，只是陶子橙没有心思欣赏，看着悠闲懒散的许铎，陶子橙更加焦躁。她举起一杯红酒一饮而尽，说："许铎，请一定帮我，一定让茉莉进驻星海。我先干为敬。"

"你认为我一定能说服我姐？"许铎反问。

"抛开个人恩怨，单纯拿朵颐和星海的合作来讲，是没有任何问题的，我相信许董会有这个判断力。"陶子橙讲得句句在理。

"也对。但是我姐一定会考虑到咱俩的关系层面上。"许铎边说边抓住了陶子橙的手，"橙子，你不觉得咱俩的关系本来就不一般吗？"

这一次，陶子橙没有拒绝，也没有退缩。她是做好了一切心理准备来打这场"硬仗"的。即便是一场交易，她也只能心甘情愿。

这一夜，陶子橙留在了许铎身边。所有该发生的，不该发生的，都已经发生。

这一夜，茉莉疯狂地打陶子橙电话，但是陶子橙故意把手机关掉了。

这一夜，张东扬找不到陶子橙，他打给了茉莉。

这一夜，陶子橙再次属于许铎的。夜很长，梦很多，暂时不去想纷杂的明天。

## 26. 没结果的花，未完成的牵挂

次日清晨，当许铎起床去公司时，陶子橙故意没有起床。她想拖延一会儿时间，等许铎到公司去搞定朵颐和星海的事情后，她可以回去把好消息带给茉莉。

当许铎准备离开时吻了一下还在床上的陶子橙。"你可以先去找许董吗？"陶子橙迫不及待地问他。他犹豫了一下，答应了。

"真像一场赤裸裸的交易，我陪你上床，你为我办事。"陶子橙内心暗暗地想，此刻的她无比地鄙视自己。

穿着许铎的白色大衬衣，陶子橙瘦小的身体如游魂般晃悠在许铎偌大的房子里。二百多平方米的大平层，靠海的高层，和十年前她去过的那座 17 层类似，可以无限度看海。落地窗边，一架钢琴孤独优雅地立着。陶子橙坐下来，拨弄了几下琴键，调皮地弹着《青春舞曲》，哼唱了一句"我的青春小鸟一去不回来"。

陶子橙突然感到忧郁，自己的青春小鸟确实是一去不回了。三十三岁的年纪，最好的时光都走在了追随新闻理想的路上。她拥有了婚姻，却没有把握住爱情。爱的人不在身边，身边的人却不爱。

一声汽船鸣笛，把陶子橙拉回到现实。她突然意识到，自己在这所房子里过于放纵了，这座房子和自己无关。

手机？昨晚关机至今，陶子橙都害怕将要打开手机的这一刻，她可以预知茉莉的焦躁与着急，可以预知张东扬的气愤与猜忌。

果不其然。

唯一一条利好的消息来自许铎。他说：你手机关机，开机后立即到公司签合同。

摒弃其他杂念，陶子橙带着这条利好消息打车飞奔到茉莉身边。不容茉莉多言，她拉着茉莉和助理到旭腾集团签完了合同。

"尘埃落定！"陶子橙兴奋地抱着茉莉说。

"走，我有话跟你说。"茉莉安排助理处理后续的事宜，然后拉起陶子橙走出了旭腾集团。

海滨公路边，一处悠然伫立的咖啡店里，陶子橙依旧未褪去签下合同的兴奋劲，一边抓着茉莉的手故作撒娇状说："茉莉，好开心啊！终于签下合同了，要是再有什么差错，我该怎么向你交代啊？"

"你该想想怎么向张东扬交代吧！橙子。昨晚他打你手机关机，就打给我了。我一时情急，就撒谎说你手机没电了，晚上喝得有点多已经先睡了。也不知他信不信。"茉莉面露无奈地说着。

"信不信由他。估计已经不信了。"提到张东扬，陶子橙耷拉下脑袋来，端起咖啡喝了一口，小声嘟囔着。

"他不信怎么办？那昨晚你和许铎……你们是旧情复燃还是他以这个合同要挟你？"茉莉似突然意识到什么，警觉地向陶子橙问道。

正喝着咖啡的陶子橙听到茉莉的话一阵心乱，表情有片刻的凝固，但是很快就调整过来，掩饰地说："茉莉，你太不讲情调了，这叫情之所至。"

"你之前不是不想跟他纠缠吗？现在怎么又情之所至了？你要看

清形势啊，一，你已婚；二，他有儿子。而且他儿子的妈妈、那个不好招惹的心机女人就在他们旭腾集团。"理性的茉莉一本正经地提醒陶子橙，"最好赶紧给张东扬回个电话，不然，咱们下午回去，你见到他会很尴尬。对了，他说他在济南，你不是告诉他你要出差，他怎么还是到济南来了？"

"谁知道呢，回去再说吧。也许，咱们回到济南，他就已经回青城了。明天周一他要上班的。"陶子橙说着，她发现茉莉并不知道她已经联合芭蕉对张东扬撒谎了。

下午的航班返程，许铎执意要送她们。许铎一副老情人的姿态，一边开车一边会有意无意地抓着陶子橙的手，陶子橙似躲非躲。看到此景，茉莉唯有叹息担忧，九零后小助理却满脸羡慕很是神往。

"茉莉，合作的事放心吧，等再有下步进展，我再通知你和橙子过来。"许铎对后座的茉莉说着，似乎在宣称着他和陶子橙的关系会一直持续下去。

临进安检时，许铎趴在陶子橙耳边说："等我去济南看你。"

对于这种貌似"执手相看泪眼，竟无语凝噎"的情人分别状态，茉莉并不接受，她拉着小助理快走一步先去安检。

"送你四个字母'S、T、O、P'。"飞机上，茉莉一直忧郁地看着陶子橙，"还是希望你和张东扬好好的。"

"逢场作戏啦！最重要的，把咱们的事情办妥当，就不虚此行了，这个社会本就是如此嘛！别多想了，我的好茉莉。"陶子橙又故作撒娇状，顺势把头靠在茉莉肩膀上，而此刻只有自己知道自己是多么鄙视自己。

突然感觉情场得意的许铎没来由的心情大好，他和陶子橙的关系，始于十年前，本来就是没结果的花，未完成的牵挂。现在，他终于对这个女人微微得手了。

送完陶子橙和茉莉后，他决定回父母那里看看儿子许尚岩。孩子上幼儿园大班了，懂事可爱。尽管他讨厌范一佳这个女人，但毕竟许尚岩是自己的亲生骨肉。

进门后的许铎敏感地闻到了一丝香水味，肯定是范一佳也来看孩子了。

"爸爸，妈妈也来看我了，在做饭呢。"孩子扑到许铎怀里说着。

厨房里，范一佳和保姆在忙活着做饭。不想见的偏偏遇到，许铎一阵蹙眉。他想陪父母坐会儿，再陪孩子待一小会儿后，就赶紧找借口离开。

"许总，你真有本事，去找大姐，硬是给你那老情人拿下了合同。"范一佳边摘围裙边从厨房里出来，用挑衅的语气直入主题拿合同说事。她之所以这么底气十足地挑衅，是因为在许铎父母面前，她"母凭子贵"，许铎也不敢在父母面前奈她何。

"如果你是来陪孩子的，就不要把工作的问题带到家里来。爸、妈，我有事先走了，尚岩，爸爸改天再来陪你玩。"许铎说毕，匆忙离去。

回到济南的陶子橙也是大吃一惊，因为她打开家门的那一刻，发现张东扬躺在沙发上看电视——他并没有回青城，难道明天周一他不上班吗？

## 27. 只要有异性接近自己的男人或女人，不论男女，都会很敏感的

"回来了，橙子。"看到陶子橙拖着行李箱进门，张东扬只是懒懒地搭了句话，并未起身，依旧拿着遥控器换着频道。

"哦！以为你回去了，明天不上班吗？"陶子橙淡淡地问了一句。她在慢慢揣测张东扬的情绪以及他不回去上班的原因。

"你很希望我回去，对吧？"没来由的，张东扬给了陶子橙一句反问。

这样一句简单的话，却带着棘手的刺，戳中了陶子橙的某根神经。一时间，她不知如何回答。

陶子橙明白，他肯定是因为她的撒谎、她的彻夜关机而生气。结婚五年，他们的生活平淡到没有情话，没有甜蜜，没有撒娇，没有约会，没有浪漫，没有吃醋，没有拌嘴，没有冷战。只是在外人看起来，他们的状态是已婚，陶子橙有个丈夫，张东扬有个妻子而已。夫妻交情，浅之又浅。

这大概是婚后第一次，张东扬因为陶子橙的行为而表示出不满意。

陶子橙内心有愧，所以只能小心翼翼，即使她并不太在乎张东扬

的情绪走向，但是也得尊重他们的夫妻关系。"老公，我只是觉得明天是周一，你要上班，所以才问问。"陶子橙尽量平静地说着。

"我都突然想不起来，你上次喊我老公是什么时候了。"张东扬依旧没起身，依旧是阴阳怪气的腔调。

这一句有意找茬的话，更是让陶子橙无言以对了。


人，总是在慌乱的时候，有意无意暴露出心虚的蛛丝马迹，越是愧疚越是讨好。就是这一句讨好的称呼，更加让张东扬觉察出陶子橙的异样了。确实，在平日里，"老公"这两个字，是陶子橙极少喊出口的，她觉得"老公"二字太过亲昵，适合那种柔情蜜意的恩爱夫妻，不适合她们这种平淡的婚姻男女。

但是，此刻，陶子橙受不了张东扬制造的这种压抑气氛。如果不满，可以爆发一场，就怕这种暗地里的较劲。边收拾行李箱，陶子橙边琢磨着该以何种语气、何种情绪和他对话。

"其实，茉莉和芭蕉都打算让我周末陪她们的，茉莉要去东华市签合同，芭蕉要去看外景地，只是我最后决定陪茉莉去了。反正陪她们俩谁都一样，所以就没有特意告诉你。昨晚，真的是喝多了，可能对那种红酒不太习惯，有点头晕，就早睡下了。早上茉莉告诉我，你找不到我，打给她了。只是我们上午签合同，下午赶飞机，就没来得及回电话给你。"虽然是在撒谎后圆谎，但陶子橙这一番话下来，觉得自己掩饰得还不错。言及此处，又想到了昨晚和许铎的一夜云雨，陶子橙一阵脸红心悸。她赶紧低下了头，故意让长发垂下来掩盖了极不自然的面部表情。

"回个电话或者信息，用不了一分钟。"张东扬依旧这样讽刺性地说着。但是，随后，他站起来走到陶子橙身边，趴在她的脸前，摸了一下她的头发，换了一种语气说："哦！没事了，橙子，我又不是不相信你。"

陶子橙不知是喜是悲，张东扬所说的相信，不知是真是假。至于他明天上不上班，陶子橙不再准备过问，免得他又继续神经质，也许他是请假或休班吧。

陶子橙准备先去洗澡，她害怕她身上还残留着许铎的气味。尽管早上离开许铎家时，她已经洗过澡。但是，后来，她是坐许铎的车去的机场，许铎曾经摸过她的手，许铎的脸曾经贴近到她的耳边，许铎的手曾经抚摸过她的长发。一般而言，只要有异性接近自己的男人或女人，不论男女，都会很敏感的，这是人类的动物性表现。陶子橙要赶紧去冲刷这蛛丝马迹的证据。

洗手间里，赤裸的陶子橙还未卸完妆，同样赤裸的张东扬也开门进来了。

"我和你一起洗。"张东扬说。

非常想拒绝，但夫妻一起洗澡是很正常的事情，陶子橙一时找不到借口。如果只是洗澡，陶子橙不怕，就怕他的目的不仅仅是洗澡。

陶子橙猜对了。张东扬从身后环抱住了陶子橙，两只手握住陶子橙的两个乳房。未等他的下体在她身上有深刻接触，陶子橙如妖娆的蛇般跳脱出来，白他一眼说："一天的奔波，浑身都是汗味，你干吗呢！"

陶子橙边说话边打开水冲在了自己身上，她这样做的目的，既怕他闻出她头发上异样的味道，又不想和张东扬亲昵。昨夜刚刚和许铎在一起过，今天她怎么能接受得了张东扬？

"早说过了，咱该'造人'了不是？"张东扬说这话时露出了今晚的第一个笑容。

张东扬继续跟进上来，莲蓬头的水流浇湿了两个人，这似乎更加刺激了张东扬的性欲。他忘情地抱着陶子橙，他的这种激情让陶子橙很害怕。陶子橙故意涂满了洗发水和沐浴露，他试图将陶子橙从正面抱起进入，但是由于沐浴露太滑，陶子橙还是滑落下来。张东扬又按趴下陶子橙，想从后面进入。激烈的水流冲刷在陶子橙的背上，水流冲刷着洗发露流了陶子橙满脸，她无法睁开眼睛。无力反抗的一刹那，在她能感觉到张东扬即将成功进入了她的身体的时候，她的头砰地撞在了卫生间墙壁上，她顺势蹲在了地上，张东扬也被迫停止了动作。

并不怎么疼痛，但是，灵光一现，陶子橙决定表演下去。她蹲在地上，嘤嘤哭泣，嫌他太粗鲁，丝毫不顾她的感受，把她头撞疼了。

结局就是张东扬帮她洗完澡，扶她进卧室上床躺下了。躺在床上闭眼假寐的陶子橙满腹心事，能敷衍他一次两次，可是他要孩子的心意已决，以后该怎么敷衍他？

一番折腾，张东扬也没了兴致，一夜相安无事。

第二天，陶子橙早早起来准备早餐，张东扬不需要上班，但她可得每周一去公司开例会。

张东扬的手机提示有短信，边搅着蛋花的陶子橙边走过去想扫一眼是什么信息——"如果你再不想办法把漏洞的钱补齐，咱俩都得完蛋。"发信人是陈立铭。

陈立铭是谁？漏洞的钱是怎么回事？

陶子橙怔住了。

## 28. 张东扬有别的女人

在张东扬有所反应之前，陶子橙不想主动去问。

张东扬已经起床洗漱，陶子橙想静观其变。她说："刚才好像听到你手机响了。"

正在刷牙的张东扬走过去看手机，看完短信的瞬间，陶子橙明显看到他片刻呆滞了，牙刷依旧在嘴里，手却忘记了翻动。频繁进出厨房准备早餐的陶子橙一直偷瞄他，看他下一步的表情和表现。他把手机装在睡裤口袋里，走回洗手间漱了口，关上了洗手间的门。

陶子橙打开电视新闻频道，借助电视的声音，掩盖自己的脚步声。她蹑手蹑脚走到洗手间门口，只见张东扬在打电话。他的声音故意压得很低，门边的陶子橙只能勉强听到间断的几个字"新调任""查账"。然后一声冲刷马桶的声音，陶子橙立即离开，跑到餐桌旁坐着假装在喝牛奶。

"赶紧吃早餐，东扬。"陶子橙喊他。

张东扬"哦"了一声，过来坐下，木然地吃着，眼神依旧呆滞。

"我去上班了，今天开例会，中午我回来陪你吃饭。"陶子橙尽量轻松地说着。

"那个，橙子，我中午就回去了，单位突然有事情。"张东扬低头说着，脸上挂满了心事。

陶子橙站在门口停顿了几秒，既然张东扬不说，她还是决定不多过问，点头应了声后径直下楼开车上班去了。

张东扬回青城了，陶子橙决定晚上下班后约茉莉芭蕉一起吃晚餐。微信上三人的群聊"秘小田"里，很快有了回复，茉莉有工作应酬，就只有陶子橙和芭蕉俩人单约了。

微信上一来二去，俩人决定，去城东喝德国啤酒。

两人见面，第一件事，就是争先恐后描述这几天发生的故事。谁要是说话间隔长了，趁着停顿的功夫，另一个就会插话进去。

啤酒馆里敦实的餐桌椅，芭蕉和陶子橙两人相对而坐。餐桌上，一人一杯一升装的德国黑啤、一份花生米、一份烤肠、一份芥末菜花、一份凉拌黄瓜。

从开始见面到现在，已经有半个小时了。两人酒已喝了一半，似乎这几天的故事还没有互相汇报完毕。说到兴奋处，俩人手舞足蹈，恨不得要把当时的情节再演一遍。

"这么说，你和许铎上床了？"芭蕉把自己最感兴趣的关键点又问了一次。

"喂！别那么邪恶，总关注上不上床的！你得关注重点，我和茉莉把那合同签下来了。"陶子橙举着酒杯说。

"凭着你和许铎这十年的牵扯，你都和他上床了，这合同要是签不下来，他也太不仁义了。"芭蕉一口啤酒下肚，连环蹦珠似的说着。

"对呀，这就是一场交易，我现在祈求的是茉莉接下来和他们的合作能够顺利进行，而许铎和我也将不会在出现在彼此的世界里。"陶子橙扔了个花生米在嘴里。

"橙子，你都三十三岁了，还天真烂漫呢？你以为许铎会那么轻易得到满足？"芭蕉也扔了个花生米在嘴里。

陶子橙脸上浮过一丝不悦和忧郁。芭蕉说得句句在理，范一佳当时虽然言语凛冽，其实表达的也是这个意思。许铎不会轻易放开自己的。

事实就是如此。

其实，女人该清醒，某些人的所谓喜欢只是当时的情绪，如果对方错将这份情绪当作长远的爱情，那就是本身的幼稚。

"橙子啊橙子，你一定要旁观者清。十年前你是如何清醒，现在就该如何清醒。"陶子橙内心暗自独白，告诫自己。

"走神了？喂！橙子，张东扬那天怎么突然来了？今天又突然走了？这人可一直是按部就班的，这次突然反常，很不理解。那天遇到他，可真是紧张死我了。"芭蕉又回想起了前天，也就是上周六在光华广场遇到张东扬的事情。

被芭蕉言语一点拨，陶子橙回过神来。她放下酒杯抓住芭蕉的手说："亲爱的，我真的发现了张东扬的反常呢！"她就把从昨晚到今天发生的点点滴滴都告诉了芭蕉，包括"漏洞的钱""查账"等这几个敏感字眼。

"建议你回趟青城，看看能发现什么蛛丝马迹吗？万一真的和钱有关呢？"芭蕉真诚地劝奉陶子橙，"真的，橙子，越快越好。毕竟，从法律上你们是夫妻，任何事情，你得有知情权。"

"好的，我明天就潜伏回去，住到我妈妈家，先打听打听再说。"陶子橙也决定听从芭蕉的建议回去一趟，"对了，你周末和老余去看的婚纱外景地怎样？"

"外景地可以，但是，别提了，出了点小岔子。于伯格发现了余延森，觉得我们关系不正常。"芭蕉一下子有点垂头丧气了。

"怎么会呢？"陶子橙很好奇。

"我带着工作室的邱灵尔去的，就是那个挺漂亮的摄影助理，让她拍点图片回来，我们做研究。我不知道她也用手机拍了图片发微信朋友圈里了，没想到有张图片同时拍到了我和老余。于伯格和邱灵尔也比较熟悉啊，互加了微信，所以就发现了。"芭蕉的表情更加无奈了，"算了，还是先弄清你家张东扬的事，再说我吧！"


第二天，回到青城，陶子橙按照原计划直接回了父母家。其实，这次她压根不想让张东扬知道她回来了。

和张东扬结婚这五年，陶子橙第一次如此紧张这个人，倒不是因为情感的紧张，而是对其突然冒出的古怪行为的紧张。

张东扬所在的单位是环保局，他只是一个普通的科员。除了工资收入之外，会和同事一起做一些环境影响评价项目，这会得到工资之外的收入。但是，五年来，陶子橙和他经济各自独立。对于他真正收入多少，陶子橙并不甚清楚。

贸然去环保局找张东扬，并不是一件妥当的事。陶子橙明白，这个行为也会被张东扬看作是一件反常的事。她俩从结婚到现在，除了在举行婚礼时，陶子橙见过张东扬单位的人，后来她再也没有出现在他们面前。

思前想后，陶子橙去见了她的初中同学孟慧彦。她老公和张东扬在同一个单位，当时他们两口子是一起去参加了陶子橙的婚礼的。陶子橙拜托孟慧彦，让她老公帮忙注意一下张东扬在单位是否有什么反常表现。

第二天近中午，还在妈妈家里赖在床上的陶子橙接到了孟慧彦的电话。对方说，除了近期比较不太爱交往人、闷头工作之外，并没有发现张东扬有任何异常。

听到这些话，陶子橙稍微有点放心了。

她决定想个借口，晚上回她和张东扬的家，去观察一下他，看看他是否有什么烦恼的问题，毕竟是结婚五年的夫妻。再说，她回来两天了，一直住在娘家，而不去自己家，父母也会起疑心的。

晚饭后，陶子橙和爸妈说了一声，就回自己家去了。

家里亮着灯，她径自开门进去。客厅里看电视的张东扬看到她，惊得差点从沙发上跳起来。

"想给你惊喜呢！怎么跟惊吓似的！"陶子橙边准备换拖鞋边笑说着。

低头的那一刹那，陶子橙惊住了。

一双高跟鞋，是年轻女人的鞋子。

陶子橙正在换鞋的动作停滞了。同时，如针扎般刺到她耳朵里的是卫生间里的水流声，分明有人在里面洗澡。

一瞬间，陶子橙懵了。

尽管头脑嗡地发胀，尽管胸口如遭重锤，但是几秒钟的发懵后，陶子橙彻底明白发生了什么：张东扬有别的女人，陶子橙这次几乎算是捉奸在床了。

## 29. 上天用男人这种动物惩罚了陶子橙的天真

那一刻，陶子橙没有愤怒，没有爆发，没有怒骂，没有眼泪。

张东扬冲了过来，浑身颤抖着，面露羞愧却不知所措。他双手抓住陶子橙双肩，双膝颤抖着似要下跪。

陶子橙一把拉住了他，不要他跪。她默默地穿回了鞋子，走出了家门。

走出楼道门口，一股陶子橙极其讨厌的夹杂着羊肉串味的热风迎面吹来，就如刚才所发生的那一幕一样，万般恼人。

陶子橙本能地往小区停车场走，准备开车回济南。

张东扬追了出来，一直追她到停车场里。这一次，张东扬真的给陶子橙跪下了。借着漆黑的暮色，跪在陶子橙身后的张东扬声泪俱下。

"对不起，我对不起你橙子，我对不起你橙子。"张东扬抓着陶子橙的手连声说着。

"我们去车里谈谈吧。"陶子橙拉起了张东扬，毕竟这一幕让外人看到并不太好。

在车里，一直难以抑制激动情绪的张东扬叙述了事情的大概："那个女人是我在做某企业的环评项目时认识的。一来二去工作相熟后，我们经常约着见面吃饭。后来也是因为你长期不在身边，我有时候挺寂寞的。在一次我主动她也情愿的情况下，就把她带回了家。她基本都是周一到周四来家里，因为怕你周末回家遇上，没想到这次周三你就突然回来了。橙子，我对不起你，你原谅我这一次吧！"

陶子橙自始至终都是不悲不泣的，也许，她早已预料到了这一天的到来，"东扬，也许，你和我心里都明白，咱们这样的婚姻，再继续下去也意义不大，不如就选择她吧！"

"不，橙子，失去了你，我就一无所有了。"张东扬更加激动，头深埋在手里。

"怎么会呢！你有父母，有工作，还有她，你会过上更适合你的生活。"在老公出轨这一事实面前，陶子橙不想在他面前情绪失控。

"橙子，"张东扬抬起头来，欲言又止，又把头埋到了手掌里，"我咎由自取，我全完了，橙子，我活该，我对不起你。"

"东扬，事已至此，我们都冷静冷静，我觉得她可能更适合和你生活在一起，总比我们这样两地分居的好。今晚我先回济南，你考虑好了，告诉我。"说完话后，陶子橙启动了汽车引擎。静夜里的发动机轰鸣声特别刺耳，陶子橙故意脚轰油门，示意张东扬赶紧下车。

张东扬下车后，陶子橙加足马力，绝尘而去。

直到驶出小区，陶子橙的眼泪才滚滚低落。即使和张东扬的感情再浅薄，即使她也刚刚背叛了张东扬，但是直面这样的背叛，没有女人会无动于衷的，表面再伪装，内心也受伤。

五年的婚姻，平淡地开始，简单地度过，终于在行将结束时呈现出了一些略微深刻的节奏。

回到济南的家里时，已经是凌晨，陶子橙趴在卧室床上号啕大哭。回首这些年，经过谎言，承受欺骗，习惯敷衍，忘记誓言，上天用男人这种动物惩罚了陶子橙的天真。

张东扬给她发来信息，问是否平安到家。陶子橙没有回复，干脆关掉了手机。

想起这些年出现在自己生命里的这些男人，初恋原天遥、第二任男友罗威、老公张东扬、许铎，以及形形色色如苍蝇般纠缠过她的那一众。曾经以为张东扬是最稳妥的、永远会给她留一个家的男人，现在，他却在他们的家里安置了另外一个女人。这个女人睡了陶子橙的床，穿了陶子橙的拖鞋，用了陶子橙的餐具，用了陶子橙的浴室，霸占了陶子橙法律意义上的男人。既然这样，陶子橙想，把自己和张东扬结婚证上的那张照片也换成他俩的吧。

此时的陶子橙，不是因为失去感情而遗憾，而是因为被无辜入侵而抱恨。

流泪，直至睡去。

听到急促的敲门声时，陶子橙惊得睁开了眼睛。窗帘紧闭，卧室床头灯开着。她试图起床，却头晕，眼睛也发涩发痛。陶子橙挣扎着坐起来，摸手机想看时间，却发现关着机。

门铃连续作响，平时很少有人来家里，陶子橙猜想是物业上来查天然气使用数字的。她晃荡着去开门，从猫眼里一看，竟然是芭蕉。

"橙子，你急死我得了，张东扬一早就拜托我过来看看你，又不说发生了什么事情。当时我手头有个事情没处理完，打你电话一上午都关机。"一开门，芭蕉就着急得说话如大珠小珠落玉盘。

"张东扬有外遇了，那个女人在我家里，我几乎捉奸在床。"陶子橙说完话，依旧趴到了床上。

"什么？什么！"芭蕉似乎不相信自己的耳朵，"张东扬有外遇，真的没看出来啊！貌似一副老实巴交、诚实到家的模样，竟然也会做这种出轨的事情。怪不得我上午问他发生什么事了，他死活不说。真是岂有此理！不过，你和张东扬，要是说你出轨我相信，当然，你也出过了；但是要说他会出轨，我还真的有点儿不相信。"

把脸深埋在枕头里的陶子橙一言不发。

"我早说你俩这样分居两地，关系淡薄，不利于婚姻持久吧？我也说过让你早和他离婚？你不早行动，让人家及早下手了。怎么？很难过是吧？是因为怕张东扬离开你吗？"芭蕉继续说着。

陶子橙还是一言不发。

"橙子，在哭吗？"芭蕉拽了一下陶子橙，陶子橙依旧抱着枕头不放手。

"我只是觉得自己很失败，芭蕉。"陶子橙终于哭出了声。

"说什么呢？橙子，少了他张东扬，你的人生就失败吗？说说具体怎么个情况啊？"着急的芭蕉一把拉起了陶子橙。

依旧情绪难抑的陶子橙详细叙述了昨晚的经过。

"太过分了，这个张东扬，想玩在外面玩也罢了，竟然把女人带回家里。我第一个不放过他。走，我现在陪你回去去找他算账。"现在的芭蕉比陶子橙更激动上火，蹭地站了起来。

"我不想见他，我昨晚说了，提议离婚，我等他考虑好了给我消息。"陶子橙拉住芭蕉。

"我支持你。橙子，别难过了。走，收拾一下，找茉莉吃饭去，现在都快下午四点了。你都一天没吃东西了吧？"芭蕉边说话，边拉起陶子橙把她推到洗手间里，"碰上天大的事，也得吃饭。你赶紧洗漱，我联系茉莉。"

茉莉听到这事时，第一反应也是惊讶不已。毕竟，外表老实木讷的张东扬做出这种事情，是让人咋舌的。

"橙子提议离婚，我也支持她，赶紧离了吧！"芭蕉表明了立场，就等茉莉的意见了。

"离婚，也不一定是解决问题的唯一途径，看看张东扬的态度再说。不管怎样，橙子，你自己要坚强、从容。"茉莉的理性总是能悄无声息地给予陶子橙以莫大的力量。沉默了一会儿，茉莉继续说道："橙子，别看我这么劝你，其实，咱俩情形类似。"

"啊？"陶子橙和芭蕉几乎异口同声发出了这一声惊叹。

## 30. 想喝牛奶，可以出去买，但绝对不能在外面养奶牛

这个社会，即使看惯了听惯了周边熟悉或不熟悉的朋友们出轨或被出轨、一夜情等等其他诸如此类的男女婚内胡搞行为，但是，当这些事情临到自己身上或者亲密朋友身上时，还是觉得难以接受。

"啊什么？有什么难以接受的？难道我们是这个社会的例外吗？我们如此平凡无奇。"茉莉略微惊讶过张东扬的出轨行为后，漫不经心地提及了老公张霆的出轨。她的脸上的表情淡定自若，丝毫没有苦楚与激动。

"记得原来看过一篇文章说，男人的基因里就有雄孔雀、公鸵鸟

那般的'抖骚'潜质，男人很难满足于终身使用一个固定性伴侣。所以，即便是最忠诚最老派的男人，都可能玩玩一夜情。"茉莉依旧慢悠悠地说，"在我的印象里，张东扬便是那种忠诚老派的男人，所以刚才乍一听说张东扬都出轨，我有点惊讶。"

"说得太有道理了，茉莉，我再一次崇拜你，我的茉莉。"芭蕉一听茉莉分析男人的"抖骚"潜质，立即来了兴致，转而又颓废起来，一下依靠在沙发靠垫上说，"哎！如果你家张霆、橙子家张东扬都这样！那我家于伯格更别说了。哪里有可靠的男人呀！"

"你们想，我和张霆都各自忙各自的事情，平时也是聚少离多。他总归也算是个高富帅吧，这样的男人身边能少得了莺莺燕燕？他平时手机里微信、line、skype叮咚作响的，我暗示他我很明白，只是不予过问罢了。"茉莉端起果汁喝了一口，接着说，"我提示过他，想喝牛奶，可以出去买，但绝对不能在外面养奶牛。"

此时的茉莉语极平淡，但内涵却无限丰满。

"牛奶？奶牛？"一向聪慧伶俐的芭蕉一时没明白过来。

"但张东扬明显是把奶牛养在家里了。"一直沉默不语的陶子橙适时地接过话锋，"这种情况，我不离婚，还等什么？那个家我是再也不想回了。"

"你再等等，看看张东扬的态度。毕竟，离婚不是两个人的事，还有双方父母。最关键的，你能保证，你再嫁的男人就会比张东扬好？"茉莉此刻的话语就如同沉稳的长辈一样，虽然庸俗无亮点，却句句在理。

"嫁给许铎啊！人家眼巴巴等着橙子呢！"芭蕉这回反应迅速。

"芭蕉，别瞎起哄！嫁给许铎那么容易吗？要嫁，十年前早就嫁了，还等到现在？"茉莉的话总有神奇的力量，说到关键点上。

一阵音乐，是芭蕉的手机响。"是那个我们都认为诚实老派的张东扬，真想破口大骂。"此刻看到他的来电，芭蕉异常气愤。

茉莉示意她接电话。

"橙子能好得了吗？你竟然做出这样的事！我们真没看出你来啊！我得代表橙子回去找你算账，我们不会原谅你的。"芭蕉开口就是不客气的语气，茉莉对她摇头，使个眼色，示意她不要如此火药味。

"那个，我们会照顾好橙子的，改天你过来单独解释吧！其实也没什么好解释的，你过来再谈吧！"芭蕉也不愿和他多说话，匆忙挂了电话。

陶子橙从昨晚到现在一直没有开手机，张东扬一直联系不到她，所以只好打到芭蕉那里询问陶子橙的状况。其实，陶子橙明白，为了躲避张东扬而不开手机不是办法，毕竟还有工作需要联系。

晚饭后回家，芭蕉和茉莉都提议陪她住，但都被陶子橙拒绝了。她向她俩保证，自己会好好的。

一个人回到房间，陶子橙打开了手机，一条条短信、微信、未接来电提示等等信息蹦出来。

等滴滴嘟嘟的信息声音响毕三五分钟后，陶子橙才有勇气拿过手机来一一翻阅。她最不想看到张东扬的信息，她害怕他发来的每一个字，不管是忏悔的、叙述的、道歉的，都会让她回想起昨晚捉奸在家的那一幕。

开着电视，躺在床上的陶子橙一条条翻看手机。一条于菁的未接来电和短信让陶子橙略感好奇："橙子，开机赶紧回我电话，有个 N 年前的人貌似在打听你。"

于菁是十年前陶子橙所在报社的老同事，也是当时她在报社里最可以说知心话的朋友。虽然后来陶子橙离开报社，到了后来的杂志社，后来又做制片人，但是她和于菁的联系一直未断，她们时常在 QQ、微信上联系，偶尔会见面小叙。

　　"菁菁，怎么回事？谁打听我？"陶子橙立即把电话打了过去。

　　"说出来你肯定吃惊！"于菁故意造个悬念。

　　"赶紧说吧！我心情不好，你别卖关子了。"因为是多年的老友，陶子橙话说得很直接。

　　"是范一佳，我们原来报社的同事，这次突然回济南来了。她请了报社领导及相关同事吃饭，据说有合作要谈。不知她现在做什么，排场不小呢。"于菁如揭秘八卦般叙述着打听来的事情经过。

　　"那怎么打听我的呢？"这是陶子橙急切想知道的关键点。陶子橙没有向于菁提及十年后她和许铎、范一佳再次相遇并纠葛的事情，所以，于菁也认为陶子橙对目前的范一佳概不知情。

　　"就是向老同事打听你的工作现状、婚姻状况啊！也是其他同事告诉我的，因为她们知道咱俩联系比较多，所以问过我你的手机号码。"于菁无辜地实话实说着。

　　"哦！知道了。菁菁，改天咱俩约见吧！这几天我事多心烦。"陶子橙说着。然后，于菁又说了些安慰关心的话就挂了电话。

　　颓废的陶子橙后仰躺在床上，无比焦虑，有点"屋漏偏遭连夜雨"的感觉，事情说来都来了。在她和张东扬婚姻问题厘不清的状态下，她范一佳这是闹得哪一出？这个女人，陶子橙和她交情甚浅。但十年来总在陶子橙情感处于选择边缘时，她适时出现，单方面与陶子橙刻意为敌，如搅屎棍般，搅乱一切。

这次，她到底想干吗？胡思乱想着，陶子橙和衣睡去。

第二天，陶子橙起得很早，她直接去了拍摄片场。和导演一起坐在监视器前，陶子橙木然无言。其实她也根本没看到监视器里面的画面，早就思想走神了。

口袋里手机震动，陶子橙掏出一看，是一个未知号码的短信。内容是想约见陶子橙，最后署名范一佳。

"该来的终于来了。"陶子橙心想。

"在哪见面？我马上过去。"陶子橙回复。陶子橙明白，范一佳是个心存目的而处心积虑的女人。她既然想见面就早见面，不是惧怕她，只是免得日后节外生枝。

## 31. 不确定范一佳今天掺杂表演成分的哭诉是否真情流露

范一佳选择见面的地点在护城河岸边一处僻静悠然的咖啡馆。陶子橙沿着河边鹅卵石小径走来。临近不远处，她就从玻璃门看到了坐在窗边喝咖啡边翻看杂志的范一佳。陶子橙进门后从吧台点了一杯意大利特浓，然后指指范一佳所在的位置，直接把两杯咖啡的账先结清了。

事先结清账单，是陶子橙打算好的——她不想和这个心思过于精明的女人有过多牵扯，而且，范一佳到济南来，陶子橙做东理所当然。

　　听到脚步声，范一佳抬起头来，看到是陶子橙。她起身招呼陶子橙，脸上竟然洋溢着微笑。只是在陶子橙看来，这微笑莫名其妙的。

　　"橙子，这次来济南出差，顺便过来见见你。"范一佳开口了。坐在对面的陶子橙略微含笑致意，心想："看看你这次究竟为何目的而来！"

　　"其实，咱俩认识都十多年了，橙子，我觉得我们之间有些误会。"范一佳一改往日气势凌厉的姿态，此时语气柔和绵软，这突然让陶子橙感觉头皮发麻。

　　"那天我们回尚岩奶奶家吃饭，我跟许铎说，过几天我要去济南出差，想顺便看看你，也和你解释些误会，他就把你电话给我了。"范一佳貌似很真诚地说着。只是在陶子橙看来，这是一场纯粹的表演，她描述了一副其乐融融的家庭聚会画面，只为铺垫她是如何拿到陶子橙手机号码的。若非于菁提前告知她在百般打听自己，陶子橙也许就会信以为真了。

　　"继续表演。"陶子橙心想。

　　本来，像陶子橙的为人，是不愿以最坏的恶意来揣测别人的。只是在范一佳这个女人这里，十年前，她在报社里散布谣言说陶子橙借以采访名义勾搭旭腾集团副总；十年后，她故意玩弄伎俩在背后破坏茉莉与星海的合作。陶子橙不得不防备她。

　　当陶子橙如刺猬般做好了全身防御的准备时，范一佳突然落泪了。

　　"橙子，你应该知道，我和许铎的孩子已经六岁了。可是，这六年来，我名义上是孩子的母亲，其他的身份，许家一概没有给我，这里面最主要的原因就是许铎不接纳我。我离不开孩子，所以，我只能在旭腾工作，这样也方便我能经常回去看看孩子。"范一佳声泪俱下。

这让陶子橙有点不知所措，不知道她是在继续表演还是真情流露，只得从桌上纸筒里抽了张面巾纸递到范一佳手里。

陶子橙回想起许铎对自己说过的话："范一佳只是孩子的母亲，而并非我们家庭的一员。"——单纯从女人角度讲，这话是残忍的。陶子橙无论当时与眼前，都替范一佳感到悲哀。

"或许，你可以找他父母和许董帮你。"毕竟陶子橙是心软善良的，看到范一佳的哭诉，她竟开始帮她想办法。

"没用的，除了工作，个人生活问题上，他并不听许董的，谁的话都不听。"范一佳垂头丧气地说，"我侧面从他母亲那里打听过，他对他前妻用情很深。自从她出国后与他离婚，许铎就完全变了一个人，尤其是对待女人的态度。"

陶子橙无语了。她不知道该同情范一佳还是该同情许铎，其实，最该同情的人是自己。自己的婚姻一团乱麻了，哪有闲情理会眼前这个女人的爱恨情仇。

"但是许铎心里有你，橙子，从十年前我就能看得出来。你离开报社后，他疯狂地找你。现在你又出现了，他又开始有点心动了。"范一佳擦毕眼泪，很严肃地看着陶子橙的眼睛说着。

"他身边女人无数，和我只是逢场作戏罢了，哪能当真？"陶子橙略微一怔，但是只能以这话来敷衍范一佳如此直接的对白。事实上，她自始至终都无法揣测许铎是否真心。

范一佳却再次声泪俱下了："橙子，我知道你也结婚好多年了。如果你对他没有心思，那就把他让给我吧，毕竟，我和他之间有个六岁的孩子。如果你不再出现，为了我们的尚岩，早晚他都会慢慢接纳我的。橙子，请原谅我作为一个母亲的自私。"说完此话的范一佳哭得心痛无比，肩膀剧烈抖动，精致的妆容早已哭花了。

此话说完，陶子橙是彻底心软中招了。不为别的，只为了无辜的孩子，陶子橙也决定不能再和许铎有任何关联了。

"你别哭了，其实，我和许铎本来也没什么，十年前没有，十年后也更不会有。他对我的兴趣，可能只是一时的新鲜感吧。如你所说，我已经结婚了，你们也有了孩子，我们将各自在各自的轨道上生活，希望你得偿所愿。"陶子橙真心、真诚地说着，再次抽了张面巾纸递给范一佳。

和范一佳分开后，陶子橙自己又沿着护城河岸走了很久。她并不确定范一佳今天掺杂表演成分的哭诉是否真情流露，但没有许家名分应该是她心里最在意的伤痛。

到底自己和许铎是怎样的一种关系？这个问题也是困扰陶子橙的。坦白讲，十年后再次遇到许铎，她对许铎的印象与感觉要比十年前好很多。许铎已庄重沉稳了许多，对陶子橙的热烈与关注却并未减少。许铎到底是怎样一个男人？也许他只是重复十年前眷恋中的旧话来表达今天的情感，也许他真的不似表面看起来的顽劣与霸道，也许他真的是浮夸尘世中难得长情的一款。

但是，刚才和范一佳的对话，陶子橙已经决定不再和许铎有任何关联了。想到此，陶子橙内心一阵慌乱与疼痛。为何心痛？难道是因为许铎？

陶子橙也不确定是否可以盲目轻信范一佳，但如果自己的退出能换回各自想要的生活，也算是一桩积善行德的好事。

"退出？"陶子橙自言自语笑了。和许铎也没有什么，谈何退出；自己是有婚姻在身的人，谈何从其他男人那里退出！

婚姻！想到了自己的婚姻，陶子橙心头再次袭过重重的阴霾。

护城河里，一艘艘仿古游船驶过，一张张因饱览美景而喜悦的脸庞闪过，一串串笑声从耳边略过……但陶子橙觉得，一切欢乐都与自己无关。她感觉陷入了生活的泥沼，无论怎么挣扎都难以上岸。

不想再去片场，不想见任何人，不想说任何话，陶子橙只想回到家里，窝藏自己。

开门回到家里，又是在换拖鞋的时候，陶子橙着实被惊吓到了——张东扬正坐在客厅里。

## 32. 曾经以为他踏实靠谱，现在看来是巨大的讽刺

看到张东扬的一刹那，陶子橙的情绪由低迷瞬间转化为激昂。她不想见他，她想逃离。

在陶子橙将要夺门而出的时候，张东扬适时地抓住了她的胳膊，把她拉回到沙发上坐下。

"橙子，我有话要对你说。"张东扬低下头，声音中充满愧疚。

"如果是道歉，不必了，你当天已经道过歉了；如果是解释，我不想听，你带女人登堂入室，没什么可解释的。说说你的选择吧！"

陶子橙的回话决绝而干脆。

"我怎么可能和她在一起？橙子，她都已婚有孩子了。"张东扬更加惭愧地嗫嚅着。

听到此，陶子橙冷笑了一声，更加气愤难耐，"因为她已婚！你是受现实情况所迫，不得不选择我吗？需要我感恩戴德吗？告诉你，我不稀罕。"

"你误会了，橙子，我还是爱你的！"张东扬急于辩解。

"收回你这句话，别玷污了神圣的'爱'字。"陶子橙当即堵话回去，"你现在就走，回去考虑清楚，我要离婚。"

"我是特意请假过来看你的，橙子。我错了，我一定悔改！你原谅我，我们和好吧！"张东扬边说话边抓住陶子橙的手，顺势又跪了下去，乞求陶子橙的原谅。

内心里，陶子橙特别厌烦这种动不动就下跪、毫无骨气的男人。自己做的事情，就要敢作敢当并承担后果。下跪，除了跪天地跪父母外，这是一种极端的动作，于事何补呢？只是凭添厌烦。

趁着陶子橙思想游移、略微呆滞的片刻，张东扬突然抱住陶子橙压在沙发上并顺势亲吻了上来，"橙子，我不能没有你，我们结婚五年了，你是我的。我们该有个孩子了，你给我生个孩子吧！"

这一幕，是陶子橙丝毫没有预感与防备的。她从呆滞惊讶到出离愤怒，卯足了全身力气推开张东扬，结结实实地一巴掌甩在眼前这个令他生厌的男人的左脸上。

"你滚！"陶子橙声嘶力竭。

张东扬似乎被打醒了，双手抱头栽到沙发里，发闷的号啕声从沙发海绵与指缝中传出来："橙子，我不想一无所有。橙子，你听我说……"

"我现在头痛欲裂，一个字都不想听。你今晚可以不走，但明天醒来，不要让我见到你。"陶子橙平静地说完，走进卧室，顺手锁上了卧室门。

第二天，阳光透过厚厚的窗帘缝隙漏进来的时候，陶子橙依旧在沉睡，或者说她压根不想醒来——只有在睡梦中，她才能得到片刻的安宁；一旦睁开双眼，她就不得不面对繁杂的一切。

此时，陶子橙是被手机的震动声音惊醒的。

"橙子，我到济南了，处理完公事才能约你。估计会约你一起吃晚餐，晚上见！"是许铎发来的微信。

此时的许铎已经到了济南，随行的有负责酒店的分公司老总及助理。按照旭腾集团的部署，明年计划要把酒店品牌做到济南。

这次来济南，许铎约见的有政界、商界及准合作方等各类人士，午餐、下午茶、晚餐等都约满了。在餐桌上谈事情，终归是中国人的传统。

如果陶子橙愿意，许铎是打算邀请她一起参加晚上的宴请的。晚宴的嘉宾主要是商界朋友及他在读 EMBA 时的同学，大家在一起吃饭是比较随意的。

从东华市回来，陶子橙一直没有和许铎有任何联系。短短几天时间，从原先那种慢条斯理的生活到出现这种婚姻巨变，且中间没有任何过度，陶子橙从心理上是难以接受的。

除了封锁自己，陶子橙对任何事情都没有兴致，哪怕此刻是收到了许铎的邀约。

陶子橙没有回复，因为不知道以怎样的心情去面对这样一个男人。

尽管此刻无助的她多么想把他当作依靠大哭一场，但是理智告诉她不可以。所以她只是把手机扔到枕头一边，准备翻身继续睡去。

客厅里的脚步声、关门声、马桶声却彻底惊醒了她——张东扬还没离开。

穿着睡衣的陶子橙起身，边拢顺长发边打开卧室门走到客厅。她靠在卫生间对面墙壁上，静候着张东扬从里面出来。

"你怎么还没走？"等张东扬一打开卫生间的门，陶子橙立即冷冷地问道。

"我真的还有话对你说，橙子。"张东扬被站在卫生间门对面的陶子橙吓了一跳。

"还有什么可说的？咱俩只有一条路可走：离婚。"陶子橙说完就打算继续回卧室，"你考虑好了，通知我回去签字办手续。"

这一次，张东扬故技重施，再一次抱住了陶子橙。俩人推搡挣扎中，滚到了卧室的床上。张东扬并没有再进一步的举动，陶子橙举起的巴掌也没有掴下去。

"橙子，你听我说，我真快完蛋了，我串通会计挪用了单位公款。"张东扬几乎是呜咽着从胸腔里发出这一串沉闷的话语。

"挪用公款？这种违法的事情你也敢做？你挪用公款干吗？"陶子橙凌厉的眼光瞪着他，似乎要把他的心底看穿。

"事情是这样的，橙子。我和我们单位会计陈立铭一直关系不错。最初，陈立铭说他银行一朋友推荐他买一款内部人员都买的理财产品，收益挺好的。我就借了父母的钱凑了 10 万元，跟着他一起买了，确实收益不错。"张东扬低着头开始絮絮叨叨地从头说起，"尝到甜头后，我就觉得买几个月的理财产品，收益和工资比都差不多了。公务员工资不高，多一项这种额外收入，是很好的事。所以，我就继续借了几个同学的 20 万块钱，买了 20 万的理财产品。"

张东扬在断断续续地说着他是如何为了赚取利益而一步步坠入犯罪漩涡的。

陶子橙听得后背直发凉，她万万没有想到这个貌似老实厚道的男人竟背着她养女人、拆借公款。陶子橙无奈地闭上了眼睛，张东扬依旧在叙述着经过。

张东扬的其中一个同学后来急用钱，要 7 万元。张东扬一时拿不出这笔钱来，他找陈立铭帮忙。陈立铭手头也没有，但说可以帮他从公款里挪用出来。等他购买的理财产品到期，再补给财务即可。

第一次挪用公款的经历无惊无险，这让张东扬觉得这并不算什么大事。

于是，当银行那朋友提议他们可以筹集部分资金给一个做生意的人用以换取更高利息时，张东扬和陈立铭当即同意了。

"你们这不就是放高利贷吗？挪用公款放高利贷，亏你是国家公务员！亏你想得出来！"陶子橙听到此，已经无法忍受了。

"我现在知道我彻底错了，橙子。那个银行朋友和那个做生意的人是一伙的，除了开始的头两个月给了利息，后来就联系不上这两个人了。陈立铭那朋友从银行辞职了，那个生意人也一直手机关机。真是没想到最后的结果是这样的，本来只想赚点钱就把钱补回财务的。"张东扬一副悔不当初的表情，双手无力地抓挠着头发。

"挪用了多少公款？"陶子橙欲哭无泪，声音有气无力。

"80 万。"张东扬回答。

"那你和陈立铭都把家里房子卖掉，或者找父母借，凑起来赶紧还啊！"陶子橙试图在帮助他想办法，眼下的首要问题就是还钱。

"橙子，房子，我……我已经抵押贷款了，抵押了 50 万。抵押的钱都给那个做生意的人了。"张东扬如泄气的皮球般再次将脑袋耷拉下来。

"你！真没想到你有这么大胆量，真令我刮目相看。"陶子橙的语气里充满了讽刺与无奈。此刻，生气与绝望已经于事无补，事已至此，只有面对。

"你和陈立铭到底给了那个人多少钱？"现在陶子橙的声音已经是绝望。

"一共 200 万，我 150 万，他 50 万。80 万公款都是我用的。我还借了朋友们 20 万。"事到如今，张东扬只能一一交代给陶子橙，"单位新换了领导，陈立铭说估计很快就要查账了。朋友们现在也催着我还钱，橙子，我全完了。"

此时的陶子橙还能说什么，无言、无奈、绝望，对眼前这个男人深恶痛绝。曾经以为他踏实靠谱，现在看来是巨大的讽刺。他带外面的女人登堂入室，抵押掉了房子，挪用了公款。即使离了婚，陶子橙也要无缘无故替他背上 80 万的债务。

"橙子，我求求你，你帮帮我好吗？"张东扬摆出一副可怜兮兮的模样，抓着陶子橙的手做乞求状。

"我有什么能力帮你？你自己闯下的祸，自己去承担。"陶子橙甩开他的手，无比厌烦地说着。

"橙子，我求你，你帮我借 80 万吧。要不，你把这套房子卖了，帮我还这 80 万元好吗？"张东扬说出了这话，又跪下去，试图博得陶子橙的可怜与同意。

"你厚颜无耻！你给我滚。"陶子橙彻底出离愤怒了，一连串地骂着"滚"字连推带拉把张东扬赶出了门，把他的衣服、包也一并扔了出去。

关上屋门后，彻底绝望的陶子橙靠在门上顺势滑下去瘫坐在地上，眼泪无声地流。她感觉自己如同跌入万丈深渊，手无望地抓着，但是没有一根救命稻草。

## 33. 面对这个一直戏谑、纠缠她的男人，陶子橙第一次有了些微的心如撞鹿的感觉，心跳稍微失去了控制

屋门外，张东扬试图再敲开门，试图再用钥匙开门，但一切都是徒劳，陶子橙已经将门反锁了。

陶子橙一直背靠着门瘫坐在地上，她连思想都无处逃离，每条想法的尽头都是绝路。

头晕目眩，陶子橙感觉自己陷入了一个漩涡，无法喘息。

不知沉寂了多久，猛地，陶子橙突然起身，跑回了卧室。她打开电脑，又疯狂地翻箱倒柜。

此时，同样魂不守舍的张东扬在返回青城的大巴上，对他而言，陶子橙是他最后的救命稻草，这也是他的最终算盘。一日夫妻百日恩，

况且凭着五年的婚姻感情，她怎么会袖手旁观呢？张东扬知道陶子橙心软善良，以为自己的下跪求情能打动她，以为她能同意卖掉济南的这套房子帮他还债，帮他避免他的法律责任。但是，没想到，最后的结果竟然是被扫地出门。

此刻，张东扬所有的想法，都用在如何攻破陶子橙这道防线上。如果陶子橙没有回家当场撞见他和那个女人的奸情，她是不会这么狠心不管他的。他开始痛恨老天的作弄，为何要双管齐下一起来整他！

这样的张东扬或许根本没从内心里检讨自己的错误，只是一味地怨天尤人。他埋怨陈立铭引他误入歧途，他埋怨银行那朋友坑蒙拐骗，他埋怨那个借款的老板携款潜逃，他埋怨命运安排不公，他埋怨作为妻子的陶子橙不伸手相助。

此时，陶子橙找出了所有的存折，堆在桌子上，从手机里翻出了所有银行卡的余额信息，顺手抽出一张白纸，拿过一支笔，记录下每张存折、每张银行卡的余额数字。她简单相加一下后，发现仅有不到10万元。去年二月份刚把买房子的钱还完了父母和朋友，到现在一年半的时间，陶子橙的手头积蓄并不多。

作为一个普通的记者，在济南工作十年，陶子橙最大的成功就是自己买下了这套120平方米的房子。第一套房子是在第一家报社工作时买的单位集体盖的，位置特别好，那时候房价便宜，90多平方米的房子，价格不到20万元。当时父母帮忙出了15万元，陶子橙自己付了5万元。2008年，陶子橙沾了学区房的光，以60万元的高价卖掉了那套房子。她又借了父母10万元、朋友10万元，买下了这套120平方米的小高层住宅。

一切手续都是在和张东扬结婚前完成的，这是陶子橙的婚前个人财产。而且，陶子橙和张东扬结婚的这五年，几乎完全是各自经济独立，井水不犯河水。

但是，现在陶子橙从电脑上查询的是房产网站，她想看看目前这套房子值多少钱。原来，她在试图计算自己的资产总额，她想知道如果要彻底从张东扬身边离开，她得付出多大的资产代价。

手头现金不够，难道真的要舍弃这套房子来换取解脱婚姻的束缚吗？想到此，陶子橙一阵难过，伏案痛哭。

手机适时响起——是许铎。

正在拨通陶子橙电话的许铎，满脸喜悦，为了这即将会面的时刻。但是接通后，耳朵里传来的却是痛声哭泣。

"怎么了，橙子？"许铎急切地问。

"许铎，你别问我，我只是很难过很难过，和你没有关系。"陶子橙并不打算告诉许铎。

"橙子，我去接你，看看你到底怎么了？告诉我地址，我必须见到你。"许铎的语气不容商议，问到了陶子橙的地址，直接开车飞奔而去。

素颜、泪痕、瘦削、苍白，这是此刻出现在许铎面前的陶子橙的样子。与一周前在东华市见面时相比，陶子橙判若两人。

一周的时间内，陶子橙经历了婚姻背叛和钱财欺骗，这双重噩梦打击得她无力回身。在她过去的三十三年的人生中，这是仅在小说中才看到的情节，如今，却成了现实。

"发生了什么，橙子？"许铎握住陶子橙的双肩，把她搂在怀里。

"出了点事，会过去的。"陶子橙说话时气若游丝，但还是推开了许铎。毕竟，在自己小区门口，与他这么搂抱会招人耳目。

坐在车里，陶子橙脸上的失望、伤痛、无奈立即把整个车内空间渲染成一种悲伤压抑的氛围。许铎决定陪着陶子橙，不去出席晚上的宴请了。他打了个电话，交代给了助理。

　　许铎径直开车拉着陶子橙到了山上的一处会所式酒店，僻静，悠然，可以俯瞰整个城市的夜色。许铎在和服务员点餐的时候，陶子橙就自己坐在露台的木凳上，呆然地望着眼前的城市。她像一只惊恐的猫，有着落寞的、孤独的、令人怜惜的味道。

　　无论十年前，还是十年后，许铎见到的陶子橙都是充满斗志和能量的，而此刻的陶子橙，让他心疼。无论十年前，还是十年后，许铎都是在意陶子橙的，这一点，他自己心里最清楚。

　　"告诉我，橙子，我能帮你什么？"许铎的语气无比温柔，丝毫没有了霸道、凌厉与嚣张。

　　陶子橙看定他，这个男人表情坚定，眼神真诚。在她最落魄最无助的时候，他适时地出现在她身边，对她而言，这本身就是一种温暖和依靠。面对这个一直戏谑、纠缠她的男人，陶子橙第一次有了些微的心如撞鹿的感觉，心跳稍微失去了控制。

　　陶子橙无声泪下，第一次主动投靠在许铎怀抱里。

## 34. 理论上和实践上，她和许铎都没有太大的关系。

山下的整个城市都已笼罩在苍茫夜色里，繁如星辰的霓虹灯提示着这座城市的活力与繁华。几座极高的建筑耸立在钢筋丛林里，顶层的射灯扫来扫去，如气宇轩昂的战士骄傲地守卫着自己的领地。

陶子橙依旧被许铎抱在怀里。对于陶子橙的第一次投怀送抱，许铎很小心翼翼，生怕一丝的悸动会破坏此刻的安宁。

只想时光停留在此刻，没有过去，也没有将来。陶子橙真的需要一个可以依靠的怀抱。

服务员上菜的时候，才发现自己不小心惊扰了这对情侣客人。

陶子橙也从静谧中回过神来，她抬起身子，擦干眼泪，幽幽地看了一眼许铎，说了句"抱歉"。

这个眼神，在许铎看来，似是百转千回，又如泣如诉，有柔情，有委屈，有无奈，有不解。他的心似乎被陶子橙这一眼给看碎了，他似乎是第一次从另一个角度来看待陶子橙。

"橙子，你不打算告诉我发生什么事情了吗？"许铎神情严肃地问道。

是的，陶子橙并不打算告诉他。陶子橙的性格颇具双面性，灵动又倔强，脆弱又柔韧。遇到困难，她不习惯将伤口示于外人。她惯于独自舔舐伤口，让其慢慢复原。尤其，当现在的问题是她和张东扬之间的，如果告诉许铎，那岂不是在暗示许铎：我的婚姻出现问题了，你有机会了。

陶子橙勉强调动面部器官，拼凑出了一个勉强的笑容，对许铎说："一点事情，我自己能够处理，让你见笑了。来济南了没请你，还得麻烦你来陪我。"

"跟我这么客气，瞧你愁容不展的，还强颜欢笑！"许铎看陶子橙并无告诉他的意思，也就不再勉强多问。他身体往椅背上一靠，笑着说："不想告诉我就算了，我告诉你，橙子，要是早嫁给我，我可不舍得让你这么泪眼婆娑的。后悔了吧？"

陶子橙略微破涕为笑，许铎不改的就是这种任性随意的说话风格。虽然有时候不着四六、嬉皮笑脸，但是在一起是不需要伪装的，可以直抒胸臆。

爱情专家分析，每个人一生中都要遇见四个人，第一个是你爱但不爱你的人，第二个是爱你但你不爱的人，第三个是你爱又爱你但最后不能在一起的人，第四个是你未必爱但最后在一起的人。

许铎算是她的哪种男人呢？在想及此的时候，陶子橙已经觉得自己实属不该。因为理论上和实践上，她和许铎都没有太大的关系，尽管曾经有过床笫之欢。

席间，陶子橙手机响起来。她现在特别厌烦手机响，在自己情绪低迷的时候，她不愿意与任何高涨的情绪有染。

来电是芭蕉。一连两天没有陶子橙的消息，芭蕉和茉莉都有些担心。听到陶子橙说和许铎在山上会所吃晚饭，芭蕉高兴得惊呼："许铎来济南了？来得真是时候啊！橙子，让我和他说几句话。"

陶子橙说："你有什么话和他说？别闹了，芭蕉，挂了啊！回家再打电话给你。"

芭蕉却执意。

坐在对面的许铎也从陶子橙的话音里听出了意思，"芭蕉找我是吧？"许铎不由分说，就笑着抢过了陶子橙的手机。

许铎未讲话，却只是略带笑容地"嗯，嗯"。挂断后把手机给了陶子橙，然后掏出自己手机比画了一番。

"芭蕉找你什么事？不要在背后议论我啊！"陶子橙很警觉。

"没有，没有。"许铎也说得云淡风轻。

今晚的许铎没有再以任何讥讽或者调侃的语言来戏弄陶子橙，只是劝她多吃饭菜，试图劝她些话语，但是从她憔悴又柔韧的身躯却能感受到她颤抖的力量与无望的坚定。

"橙子，没想到我们认识这么久了，从你二十三岁到你三十三岁。"许铎开始闲聊。既然无法言说此刻的悲情，那就提及过去的回忆枝节吧。

"但中间有九年的断档期。其实，我们只认识一年时间而已。"陶子橙及时修正许铎。

"你很排斥我这个人吗？怎么当时一直躲避我？"这些过去的陈芝麻烂谷子，许铎还是想明确知道。

"是的。给人的感觉，你只是想游戏人生而已。而且，你的强势入侵彻底搅乱了我的工作、生活与感情。"陶子橙也用一种缓慢的语调来叙事。

"你并不了解我，橙子。"许铎说道。他还在试图为当年的自己辩解，为现在的自己争取机会。

"是的。谁又真正了解谁！"陶子橙一手撑着脑袋，悠悠地说着。

两个人谁都没有想到，会在这样的状态下再次回忆了过往。那些滚烫与冰冷的日子一层层叠放在记忆的深处，已经成为遥远的时间里的细枝末节。也正是这些细枝末节，定义了过往的生活。

"你会和他一直过下去吗？"许铎试探地问。

听到这个问题，陶子橙内心一紧，眉头一皱。她想，他应该只是随便问及，而不是有所察觉。

但许铎有所察觉的是，这个问题令陶子橙眉头一皱。

时间若无其事，情绪悲伤难抑。

"你和范一佳呢？孩子呢？"陶子橙反问。

两个问题，眼前男女，各自咀嚼，难以作答。

气氛有些尴尬，许铎起身拉起了陶子橙，说道："来吧，橙子，欣赏一下济南夜景。"

从齐烟九点到趵突泉，从大明湖到黄河，从护城河围着的老济南到 CBD 核心商务区，从西客站到东部高新区，陶子橙简单几句就给许铎描绘了济南的历史与现在。

望着城市的万家灯火，两人有片刻的无语。哪一个人，哪一颗心，不都在期盼有一盏灯火是真正为自己而留？

同样在夜幕降临的时候，张东扬也乘坐大巴回到了青城。在打车回家的路上，他接到了一个陌生的电话。对方是一个女人，自称认识他的妻子陶子橙，因为陶子橙的事情，想和他面谈。

张东扬浑身一颤，打了一个机灵。突然冒出一个陌生女人来以自己妻子陶子橙为由和他面谈，他还是心扑通急跳了几下，有些紧张。

## 35. 而女人想要一个男人时，似乎总在半推半就，即使真正要了，也似乎总是在一种客观事件逼迫或极端情绪迷失下

这个女人，是范一佳。

范一佳是如何打听到张东扬的？途径并不难。首先，从报社前同事那里打听出陶子橙的老公是在她们老家青城县环保局工作，因为陶子橙结婚时有部分前同事来参加婚宴，所以有人知道张东扬在环保局工作并不为奇；然后，范一佳委托她地产圈里在青城有项目的朋友找到环保局的人；最后，从间接的环保局的人那里要到张东扬的电话。

所以，就有了范一佳与张东扬的这一次会面。

范一佳为达目的处心积虑的功力可见一般。

而且，范一佳再次上演了一幕苦情戏，在陌生的张东扬面前。

"张先生，很冒昧来打扰您，我是东华市旭腾集团副总许铎的妻子，旭腾集团是许家的家族企业。前段时间，您妻子陶子橙和她的朋友到东华市与我们旭腾集团下面的商业地产项目合作。您妻子她……她，她和我老公认识了，她就勾搭上我老公了。您也知道，有钱的男

人都是喜新厌旧的，可我和我六岁的儿子怎么办啊！我也实在是没办法了，所以才冒昧来找您，希望您管管自己的老婆。让您见笑了，张先生。"一通话讲述完毕，范一佳也哭得稀里哗啦。

真是一场到位的表演，如果有导演在场，范一佳演的戏一定不会被喊"NG"，直接一条就过。

作为这次表演现场唯一的一位观众，张东扬被震撼到了，剧本内容与主角演出都够刺激。不明就里的张东扬听到"东华市""商业地产项目合作""陶子橙""勾搭"这几个关键词，再联想到上次陶子橙没和芭蕉去看外景而是撒谎和茉莉去东华市签合同，张东扬就基本上相信了眼前这个女人所说的一切。

这次轮到张东扬怒火中烧了，原来陶子橙也早已背叛了婚姻。

由于对面的女人毕竟是陌生的，所以张东扬没有当场爆发情绪。他利用残存的一丝理智问女人："请问，您是怎么找到我的？"

"不瞒您说，我和陶子橙其实是十年前同一家报社的同事，我在东华市记者站工作。这次能够联系到您，也是我拜托原来单位的同事帮忙打听的，实在是有些唐突了，真的不好意思。"范一佳假装诚恳地说着，其言辞、动作、表情等都表现得如同一个柔弱家庭妇女。

"哦！没关系。"张东扬点头释然。

"这次得知陶子橙和朋友到东华市和我们有合作，所以我就和我老公一起请陶子橙吃饭叙旧，毕竟是多年没见了。就是吃饭时她和我老公认识的，没想到后来他们俩竟然背着我做出了这种事，我真是懊悔了啊！好心请她吃顿饭，她竟然这样对待我。"范一佳说到这里，又是声泪俱下。

为了让张东扬更加确信陶子橙勾搭她老公的事实，范一佳继续表演，连事情的来龙去脉都编得一清二楚。

张东扬更加确信无疑了。

只是，范一佳痛心不已的哭泣让坐在对面的张东扬很不自在，他只能抽面前的纸巾递到对面女人手里，并象征性地安抚了眼前女人几句，说了一定会好好管教自己老婆之类的话。

张东扬怒火中烧后，其实是心理平衡了，他突然意识到自己在陶子橙面前可以不必惭愧内疚了——他与她，半斤与八两，五十步与一百步，"两只乌鸦，一般黑"。

想到了更深一层的打算，张东扬眼神里掠过一丝难以察觉的阴鸷的笑意。

"张先生，咱俩都是受害者。现在只有咱俩联手，才能挽救我们这两个家庭，您说是吗？"范一佳继续假装诚恳。

张东扬沉默地点了点头。

范一佳脸上虽然还挂着虚假的泪痕，但是也迫不及待地露出了得逞的笑意。好戏在后面，她想看看陶子橙如何收场，如何还能意气风发！


山顶会所，夜深露重，山风渐厉，陶子橙双手下意识地交叉抱住了胳膊。

"冷了？我去车里拿我的外套。"许铎边说着边准备起身走向停车场。

"不用了，我们回去吧！"陶子橙阻止了许铎，直接提议回家。

"时间还早，橙子，不如我们再找安静点的酒吧坐坐？"许铎也提议。

陶子橙摇头。

"明天我就回东华市了，橙子，今晚让我一直陪你吧。"许铎开始提要求。

陶子橙嗔怒，摇头。

"我千里迢迢来看你，你不要这么绝情啊。"许铎继续。

"谢谢你今晚陪我。可是你是来办公事的，顺便和我吃顿饭，别给我记这么大的人情债。"陶子橙回复。

"橙子，都来到你们济南了，求留宿！"许铎继续耍赖。

"好了，许铎，我一会儿还要和芭蕉通个电话，你送我回家吧！"陶子橙正色道。

"确定不跟我去酒店住？"许铎最后一次近乎请求的语气问陶子橙。

陶子橙一直摇头。

男人和女人是有所不同的。男人想要一个女人时，是主观客观都直奔主题的，无须任何掩饰；而女人想要一个男人时，似乎总在半推半就，即使真正要了，也总是在一种客观事件逼迫或极端情绪迷失下。

今晚的陶子橙意志很坚决，即使今晚的许铎很可靠很暖心，即使她很想倾诉自己所有的委屈，但是，终归，她拒绝了他。

很多的为什么，没有答案；很多的答案，没有为什么。一切皆有定数。

看着陶子橙憔悴的脸庞与低迷的情绪，许铎也不好再勉强她。送她到楼下，在陶子橙下车前，许铎拉过她，一记吻别。

而此时的陶子橙，对未知的明天，全无想象与防备。

## 36. 你想轰轰烈烈地给，对方不一定接受；你关键时候那么一点一滴，却能直击入心

　　和茉莉在东华市签完合同，和许铎在东华市有过一夜欢愉，距今不过一周的时间。而这一周，对陶子橙而言，如同漫长的一个世纪，是从一场璀璨烟火走向漫天灰烬的毁灭过程。

　　晚上躺在床上，陶子橙拨电话给芭蕉，互相聊了近两天的事情进展与情绪波动。得知张东扬竟然挪用80万元公款，芭蕉与当时的陶子橙震惊程度是一样的。

　　陶子橙在伤心之余还是不忘关心芭蕉和于伯格的关系，因为毕竟于伯格从微信朋友圈里发现了芭蕉和余延森在一起的图片。虽然余延森是芭蕉的前男友，但似乎于伯格还是把他当作情敌。

　　"没大事，就是和我别别扭扭的。没事，我这点小插曲和你正在经历地，算不了什么。橙子，你要好好保重自己，坚强些。明天上午，咱们到朵颐去继续聊，早点休息。"想到闺蜜陶子橙的遭遇，芭蕉也是痛心不已。

　　又是一夜，陶子橙在泪水中睡去。

　　第二天，接到表弟陶子萝的电话时，陶子橙正在刷牙。陶子萝对

表姐说，马上放暑假了，他要来济南借住在表姐家里，跟同学在电视台这边一个节目组实习。满嘴牙膏泡沫的陶子橙"嗯嗯"应着，随手翻了翻日历，果然是快到放暑假的时候了。沉浸在爱恨情仇里，她都忘记了今夕昨夕与时光流逝。虽然自己毫无心情迎接表弟的到来，但是陶子橙不能拒绝从小跟随她玩耍，跟她特别要好的表弟。

经过小区大门时，保安喊住陶子橙递过来一束花，是一捧白色百合花，浓郁的香气立即充斥了狭小的车内空间。陶子橙边开车边摘下花上的卡片，上面几个字："你，始终有我！"署名是许铎。

在这一周经受非人折磨的日子里，今晨这束花无疑是给予了陶子橙莫大温暖的。原来许铎也有细致和温雅的一面，这个男人，第一次让陶子橙觉得有这么多优点。

男女之情，有的时候很难套用一种标准的节奏。你想轰轰烈烈地给，对方不一定接受；你关键时候那么一点一滴，却能直击入心。就如同十年前，许铎霸道地追求陶子橙，陶子橙逃避了；而现在，一个眼神，一个拥抱，一句话，一束花，就几乎已经打动了陶子橙。

陶子橙只是个普通的女人，此刻的她是心神荡漾的。身边的张东扬所作所为如此恶劣，而一直守望着他的许铎却温情脉脉。如果不是为了六岁的许尚岩刚刚答应范一佳不会和许铎再有什么，此刻的陶子橙一定会按捺不住让许铎带她离开这黑暗的漩涡。

出现在"朵颐"的陶子橙瘦削、憔悴，虽略施粉黛但难掩苍白。而且，由于几日的哭泣，眼皮都是肿的。这样的陶子橙让芭蕉、茉莉大吃一惊，心疼无比。茉莉忍不住伸出双手拥抱了孱弱的陶子橙，已经暴怒的芭蕉坐在沙发里开始咒骂张东扬。

在陶子橙到来之前，芭蕉已经大致与茉莉讲述了张东扬的罪恶行径，除了带女人回家，还挪用公款。这两样恶行标志着这个男人道德与品行的双重败坏，此时的茉莉不再有半句偏袒张东扬的话语。

"橙子，你打算怎么办？我们都支持你。既然他张东扬如此不仁义，我不可能一味地劝你跟着他，不能把你往火坑里推。"茉莉改变了之前的观点。

"事到如今，我想离婚。"陶子橙虽然声音低弱，但是语气坚定，"但是，目前来看，离婚是需要付出很大代价的。除了80万公款，还有青城房子抵押的50万，借的朋友的20万。他这150万的债务，估计要让我背上一半。"

"凭什么让你背呀！这是他个人的行为，和你无关。"芭蕉说道。

"在婚姻内，从法律上讲，怎么可能和橙子无关。"茉莉叹息着说道。喝了一口果汁，她又问橙子："橙子，张东扬怎么跟你提的欠债的事？"

"昨天他提出让我把济南这套房子卖掉，帮他还单位的80万公款。他说单位换领导了，马上要查账了，一查出来，他就彻底完了。"陶子橙依旧是低弱的声音。

"真够卑鄙的。这个男人，真没看出来，自己玩火玩大了，让人家拆房卖地帮他灭火。不管他，自生自灭去吧。"芭蕉愤怒地骂着。

"不管他也不行，如果他还不上款，领导一旦查出来他必定是要坐牢的。到时候，如果他就是坚决不离婚，那不把橙子彻底拖垮了？但是，房子是橙子好不容易自己买下来的，为了他卖掉多不值得啊。"茉莉分析得在理，但是找不到合适的办法。

听到此处的陶子橙把头深埋在臂弯里，她实在是不知道该如何往前走。

"给他这 80 万，前提是离婚。一手交钱，一手签字离婚。"茉莉一拍桌子说道。

"对！我同意。"芭蕉也拍桌子。

"那我就卖掉房子，用 80 万买他和我离婚。"陶子橙抬起头来说。

"房子不能卖！橙子。我们帮你凑钱吧！我开新店的计划没法改，短期内最多只能抽出 30 万给你用。"茉莉略一沉思后说，身为老板的她总是干练利索。

"我最快也就只有 8 万，不好意思啊，橙子，店里刚买了新设备，我平时花钱又多。"芭蕉有点不好意思。

不管钱多钱少，关键时候，最好的闺蜜能真心实意为她冲锋陷阵，这让陶子橙感动不已，泪又忍不住流下来。"你俩，太让我感动了。真的谢谢！"陶子橙一阵哽咽，"可是，我手头全部现金也只有 10 万，凑起来也不到 50 万，还缺 32 万呢！再说，这样也不是办法，太连累你们了，你们也都有自己的生意和生活。不行，我还是卖掉房子吧！"

"房子卖掉你住哪儿？这是你的窝！为了他卖掉房子太不值，我们凑凑钱，很快就会渡过难关的。"茉莉认真地劝陶子橙。

"我再找余延森借点。"芭蕉边说边摸电话。

陶子橙制止了芭蕉，"你和于伯格刚刚才为了余延森闹别扭，现在再找余延森借钱，万一让于伯格知道了，你俩这矛盾不越来越大了？坚决不行。"

"对了，你可以找许铎啊！这几十万对他来说可是小事一桩。"芭蕉突然面露喜悦，想到许铎，仿佛抓住了救命稻草。

"许铎？……我……"陶子橙嚅嗫着，想到了昨晚与许铎的见面，想到了今晨许铎送的百合。但是陶子橙觉得要是开口向许铎借钱，她有一道不可逾越的心理障碍，这也是她从未想过的问题。

"我不会借他的钱。"陶子橙抛出坚决的一句。想到要东借西凑80万来逃离婚姻赎回自由，陶子橙觉得人生无比悲哀。她再次将头深埋在臂弯里，长发散落桌面。如果真的要走这一步，她想到了只能再向父母和表姐开口，应该还能凑出20万。加上自己和茉莉芭蕉的48万，这样还差12万，找于菁帮忙凑个三五万，再找其他朋友凑凑就差不多了。

仿佛在漫无边际的黑暗中触摸到了一丝光亮，仿佛在憋闷的炙热中触摸到了一丝清凉，陶子橙终于可以深呼吸一口。她抬起头，再次坚决地说："芭蕉、茉莉，你们帮我一起凑钱吧。"

## 37. 谈一时的恋爱容易，维持几十年的婚姻不易

东华市，旭腾集团总部办公楼。

电梯打开，出现在9层走廊里的范一佳神情犹豫，脚步也不坚决。但是，她定了定神，还是往副总办公室走去，那是许铎的办公室。

手机突然响起来，范一佳浑身一颤，打了一个机灵。是一个陌生的号码，但她记得，这是陶子橙的老公张东扬的。范一佳停止了前往许铎办公室的脚步，接了电话继续返回了电梯。

在电话里，张东扬说打算过几天来找许铎谈谈。除此之外，他没

有和范一佳多说什么。

张东扬要来找许铎谈，这让范一佳一时六神无主。如果这两个男人见面，那她去找张东扬的事情以及她编造的谎言不就败露了嘛！范一佳不得不重新想策略，今天去找许铎的计划暂时搁置。

和芭蕉茉莉碰面后的第二天，两个闺蜜就陆续把钱转到了陶子橙的账户上。于菁也借给了陶子橙5万，一个大学同宿舍同学借给了她4万。加上自己的10万，这样，陶子橙的账户上已经有了57万。

陶子橙决定回青城和父母说明白这件事情，然后找父母和表姐帮忙凑点钱。毕竟离婚是大事，是瞒不过父母和家人的。

大约在下午三点钟时，陶子橙回到了父母家，大姑、二姑家的两个表姐接到电话后也早已经在陶家等候着。

"我要和张东扬离婚。"这是陶子橙进门后的第一句话，这句话如一记响雷炸开了原本平静的氛围。

陶子橙妈妈听到此话后一阵眩晕，一手捂着胸口跌坐在沙发里。陶子橙赶紧过去坐在妈妈身边扶着妈妈，然后向大家讲述了事情前前后后的经过，包括她和张东扬这几年的分居状态，情感寡淡，他带女人回家，以及挪用公款等事情。

这四项问题的所指，每一项都是婚姻的大忌。尤以最后一项是为众人所不容忍的——毕竟都是正规事业单位中规中矩的公职人员，正常的人都难以接受这样一条触及法律的事实罪责。

如果只是婚外情和分居，一般家人都会劝说维持婚姻。毕竟，谈一时的恋爱容易，维持几十年的婚姻不易。

但是，张东扬竟然挪用公款了，竟然把自己房子抵押了出去，陶家人失望至极。当陶子橙说出张东扬请求她把济南房子卖掉帮他偿还公款时，陶爸爸直接忍无可忍了。陶妈妈又一阵眩晕，跌靠在沙发里。

"马上让这臭小子过来，或者我们去他父母那里理论。"陶爸爸愤然起身。忙乱中陶子橙只好去安抚妈妈，两个表姐拉住了陶爸爸。

"爸、妈、姐姐，咱不能乱了阵脚，我昨天也和朋友们商量过此事了。济南房子我不会卖，但是我要凑出 80 万，给他补上公款，条件是离婚。他现在外债 150 万，我替他背上 80 万，于情于理，我是绝对对得起他的。"陶子橙比昨天镇定了许多，顿了顿，她继续说，"我去年刚还完房子的借款，手头只有 10 万，朋友帮我凑了 47 万，现在我卡上一共有 57 万。爸妈、姐姐，我想请你们帮我再凑足这 23 万，我就可以向他提条件离婚了。"

"孩子，你有难处，钱，我们是一定帮你凑的，但是咱为什么帮他背这个债？这七八十万的债，你得还好几年啊，你的日子怎么过啊！"稍事平静的陶爸爸叹着气说。

"是啊！橙子，只要你开口，我们就帮你凑。只是觉得你这样做太委屈自己了，咱们陶家太吃亏了。"大表姐也说。

"只要能摆脱这段婚姻，付出这 80 万的代价也值得。"陶子橙异常坚决。这坚决的眼神与语气也传达给了家人，家人也明白了她要花钱摆脱婚姻的决心。

"那爸爸妈妈给你拿这 23 万吧，别让你两个姐姐拿了。买房买车孩子上学的，你们需要花钱的地方太多。"陶妈妈不忍心看着女儿受这种罪，主动把陶子橙剩余的账务缺口揽了下来。

"舅妈，我们俩也帮橙子拿出 10 万来，橙子手头总得有点现钱吧，毕竟她一个人还要生活。借朋友们的钱人家着急用的，再和我们说，我们帮你先还朋友的钱。"大表姐诚挚地说着，二表姐点头同意。两个表姐和陶子橙感情非常好，都是和陶子橙一起玩大的。她们比陶子橙略年长三五岁，现在陶子橙遇到难处，两个人极力相帮。

时间是下午四点多，陶子橙急于凑足钱想去和张东扬摊牌。两个表姐分别回家从网银转账给陶子橙，她就和妈妈直接去银行办理转账了。

到下午五点半前，陶子橙的账户上已经有 90 万了。她感觉自己如同从一个黑暗的陷阱里爬上来，终于可以露出头来望见天日，希望就在眼前。她给张东扬拨去了电话，约好下班后，回家面谈。

回这个和张东扬所谓的家，陶子橙从未有过温馨感。即使在当年新婚时，都没有过强烈的愉悦感。这一次，她更是内心拒绝、步履维艰。一想到那个女人的那双鞋，陶子橙甚至突然感觉从身体内袭来一阵恶心。

但是，这一次，陶子橙必须进这个家门面对一切。陶子橙有家里钥匙，她开门进入时，张东扬已经在客厅等候了。

"橙子，刚回来的吗？你吃饭了吗？"张东扬问得极不自然，在陶子橙听来，还不如不问。事实上，现在张东扬的任何言语都会招致陶子橙的反感。

"东扬，我们直接谈开吧！我帮你凑上单位的这 80 万，给你解决眼下的大问题，然后，咱俩离婚吧！"陶子橙言简意赅，不带一丝泥水。

"橙子，我不想失去你。"张东扬说。

"东扬，你理智些。咱俩走到今天这一步，还有继续下去的意义吗？说直接点，这 80 万就是我提离婚的条件。办离婚手续，转 80 万给你，明天咱俩去做这两样事情，你同意吗？"陶子橙直接把意思赤裸裸地表达明白了。

张东扬不是傻瓜，他当然听得一清二楚。也就是说，明天办完这两件事情，他就和陶子橙彻底没有关系了。

虽然很急于得到这80万填补公款亏空，但是目前的张东扬还不想就这样和陶子橙一刀两断。

"橙子，都怪我不争气，搞到今天这个地步，你不要抛下我好吗？我怎么舍得和你离婚呢？你再给我次机会好不好？我们重新开始。"张东扬并不打算明天去离婚，所以，只好假装演一场苦情戏，他坐在沙发里痛哭流涕。

所谓的流泪并不是因为张东扬对陶子橙有多么不舍，而是因为他盘算的阴谋还没有付诸实施。

## 38. 所有人都认为可以以这80万元换来一个婚姻结果

不明就里的陶子橙当然不知道张东扬用意究竟为何，她还天真地以为他只是不甘心放弃这段五年的婚姻。

看到张东扬低头垂泪的模样，陶子橙有一刹那动摇了。她想：如果他只是挪用公款，而没有外遇出轨带女人回家，自己是可以帮她还债陪他继续过下去的。只是，一想到那双鞋，陶子橙又一阵反胃的恶心。

她环视房间一周，那个女人侵入了这里的每一寸空间，使用了原本属于她的东西。她突然袭上心头一种厌恶感，她想立即逃离这里。

"东扬，再给你三天时间考虑，你单位那边估计所剩时间也不多了，你抓紧定。想好了，你给我电话。"陶子橙说完，回卧室简单拿了属于自己的衣物，拎着袋子头也不回地离开了这个家。

"三天足够了。陶子橙，只说我背叛你，原来咱俩彼此彼此。这么着急用 80 万来和我脱离关系，早有预谋吧！这 80 万是那个男人给你的吧！"这是张东扬的内心独白。听到防盗门关上后，他抬起头，擦干硬挤出的半滴泪痕，脸上露出再次得逞后的一丝阴鸷笑意。

他决定第二天就去东华市，此事不宜迟。

范一佳这几天心神游移，心思压根没在工作上。对于陶子橙朋友的连锁品牌"朵颐"进驻星海广场，她计划失败，没有阻碍成功。这次，她把全部心思用在了利用张东扬破坏陶子橙和许铎的关系上。

拿着手机在办公室里踱来踱去，范一佳愁眉不展，因为很难想到万全之策来骗过许铎，只好赌一把。她计划利用短时间内的信息轰炸效果来蒙蔽许铎，让他没有思考的余地。

拿定主意后，首当其冲就是给张东扬打电话，把他哄骗安顿好，不要让张东扬在许铎面前把自己供出来。

"张先生，您好，您打算哪天来东华市，我去接您，不然您人生地不熟的也不好找。……没事，没事，您客气了。其实，咱俩这样做，都是为了挽回各自的家庭。"范一佳是天生的表演家，说话间就带出了哭腔，"还有，请求您一件事情，您千万不要在我老公面前说出我去找过您。他最近和陶子橙关系火热，对我总是很冷漠。如果让他知道我去找您，肯定又要找我，和我吵架。那谢谢您，张先生。那明天见。"这一系列情节表演完，范一佳挂断电话。自己的计划又向前推进了一小步，她露出了满意的笑容。

最近的陶子橙实在是没有心情工作，干脆编了个理由和总制片、总导演协调好，请了三天假回到青城家里等待张东扬的结果。对于三天后的结果，陶爸爸、陶妈妈的理解和陶子橙类似——从常人的角度来看，不管陶子橙和张东扬的相处过程如何，毕竟经历了五年婚姻生活，夫妻关系也不是能够说断就断的。

在和芭蕉茉莉的微信群里，陶子橙和两个闺蜜说了一下和张东扬初步谈判的进展，三天后等待答复。芭蕉回复说："等就等，不差这三天。"茉莉回复说："有这80万的还款日期逼迫着，他拖延不起时间，也玩不出花样，等他三天吧，自己保重。橙子，照顾好叔叔阿姨！"

有闺蜜如此，陶子橙的心里是暖暖软软的。在最无助的时候，两个闺蜜二话不说，不虚不假，除了真情相偎，拿出了陶子橙眼下最急缺的——钱来帮助她。陶子橙转发了一条微信朋友圈里的信息给两个闺蜜："和闺蜜说声谢谢，谢谢你在我最美好的年华里一直陪伴……那个陪你逛街试衣服的人，那个能把你每一瓶指甲油都试一遍的人，那个总为了晚上吃什么能和你纠结一下午的人，那个会宰男人可不会宰你的人，那个你有异性没人性时不会想起她，可受伤后第一时间陪你舔伤口的人……这就是闺蜜。"

发完这条信息，陶子橙哭了。此时，她特别想念茉莉、芭蕉的温暖，特别感慨自己的遭遇，特别内疚自己给父母带来担忧。各种情绪的混杂，陶子橙又痛快地流了一场泪，在自己的闺房里。

尽管和于伯格有小小的别扭，但芭蕉还是偶尔和余延森来往。毕竟，除了前男友的过去式关系，他们还是好朋友。而且，年长几岁的余延森几乎是芭蕉的精神导师，芭蕉任何工作生活上的烦躁问题，都会跟余延森倾诉。在于伯格和余延森之间，芭蕉甚至更相信余延森。

在一次相约下午茶的时候，芭蕉终于按捺不住焦躁的心情，向余延森诉说了闺蜜陶子橙的遭遇。起因是余延森提及了上次所选的婚纱外景地，应该签合同进驻了，租金和适当整修所需的费用约4万。

"过段时间再说吧，刚买了器材，剩下的闲钱给了橙子8万，外景地的事，先放一放吧！"芭蕉说着。为了闺蜜，她自己的事情只能暂时搁置了。

"橙子需要钱干吗？"余延森问道。从芭蕉的表情里，余延森看出了异样。

于是，芭蕉把陶子橙近期的家庭婚姻变故讲述给了余延森。她知道，他是自己人，是会自觉保守秘密的。对于陶子橙的境遇，连见多识广的余延森都觉得惊讶，毕竟这种双重打击对任何一个女人来说，都是残忍的。

就在陶子橙、陶子橙父母、茉莉、芭蕉、余延森等都认为可以以这80万元换来一个婚姻结果时，张东扬却已经偷偷到达东华市了。


除了范一佳，没有任何人知道张东扬来到东华市。

按照约定，范一佳开车到东华市长途汽车站接站，她脸上依旧是即将得逞的喜悦。两人仅有一面之缘，彼此并不相熟。张东扬上车之后，只是简单寒暄。范一佳一改意气风发的神态，当即低眉顺眼，表现出一副受气的怨妇模样。

汽车径直开往旭腾集团总部办公楼。在楼前停车场停下后，范一佳把许铎的办公室示意给了张东扬，9层906房间。

在目睹张东扬顺利登记进入办公楼后，范一佳给许铎发了一条彩信，是一段录音。这段话正是上次范一佳在济南约见陶子橙时偷偷录下的，她从手机上下载软件做了剪辑。

和范一佳几乎是井水不犯河水，突然收到她发来的彩信，许铎好奇加狐疑。点开听时他却怔住了："他身边女人无数，和我只是逢场作戏罢了，哪能当真……其实，我和许铎本来也没什么，十年前没有，十年后也更不会有。他对我的兴趣，可能只是一时的新鲜感吧……我已经结婚了，我们将各自在各自的轨道上生活。"

是陶子橙的声音，许铎确信无疑，这是怎么回事？

许铎立即给范一佳拨去了电话。

## 39. 虽然依旧不言不语，但是许铎眉头一皱，仿佛世界已经地动天摇

看到许铎立即打回来的电话，范一佳表露出憎恨又得意的神情。

"一牵扯到陶子橙的事情，你就紧张至此。她陶子橙到底哪里好，搞得你鬼迷心窍的？我给你生了个儿子，你都不正眼瞧我！好，我等着看好戏。你终于上了我的套了。"范一佳看着许铎打来的电话愤恨地想着，她把所有的仇恨都记在陶子橙身上。

但接起电话的范一佳立即变了语气，是一种焦急和无可奈何的强调，"许铎，你不要问我是怎么得来的录音，反正陶子橙她不是你想象中的样子，还有更麻烦的事呢！"

说话及此，范一佳已经听到许铎的声音在质问："你是谁？"然后许铎挂掉了电话。范一佳明白，张东扬已经闯进许铎办公室了，事情向着白热化发展，是在她预料中的，她脸上又闪过一丝得逞的笑意。

正在接范一佳电话的许铎眼睁睁地看着一个陌生男人未经敲门就大摇大摆地进入了他的办公室，而且径直坐到了会客区的沙发上。许铎只好匆匆忙忙挂了电话，反复质问眼前这个男人："你是谁？你找谁？"

但是张东扬不予理会，只顾四处环视。

面对这个莫名其妙的人，许铎依旧保持了基本的礼貌，"这位先生，我想您找错房间了。您找哪位？我安排人帮您落实一下。"

但是张东扬依旧不喜不怒地看着许铎，并不言语。

许铎忍无可忍了，拿起办公桌上的固定电话。他想叫保安，但眼前这个陌生男人却开口了："许先生，别激动。您不认识我，但您认识我的妻子。"

听到此话的许铎内心一颤，表情却极力假装平静，只有眉毛不自觉地一挑。他认识的女人太多，凡是这些女人中属于已婚的都有可能是眼前这个男人的妻子，到底是谁呢？许铎脑海中迅速闪过了一个个女性的名字。

"我的妻子是陶子橙。"眼前这个男人依旧不喜不怒的腔调，用这八个字给予了许铎脑海中正在搜寻的名字一个肯定的答案。

诚然，这个答案是许铎没有预想到的。他确实曾和不少女人有染，但是被哪个女人的丈夫找上门来，这还是第一次，更何况这个女人竟然是陶子橙。陶子橙是被他隐藏在心里，从来不会把她展示出来在众人面前招摇的。

许铎也不露声色，慢慢踱到会客区坐在陌生男人对面。他开始烧水泡茶，摆弄工夫茶具，他把时间大段留白观察对面的这个人如何出招。从某些意义上，对面这个人是他名正言顺的情敌。

"许先生，很冒昧打扰您。您和陶子橙的事情，我不小心都知道了。"张东扬的语气里难掩讥讽的字眼。

许铎依旧摆弄着工夫茶具，不作言语。对面这人所说的"都知道了"是何意思？是知道他和陶子橙十年前后的故事？还是只知道他和陶子橙现在相遇的事情？严格来说，自己和陶子橙十年前的故事，和眼前这个人是没有关系的。陶子橙结婚才五年，十年前他追求陶子橙时，对面这人还不知道在地球的哪个角落呢！

一边想着应对思路与话术，许铎顺手将泡好的一盏茶端到对面，仅一句客气话："请喝茶。您贵姓？"

"免贵姓张，张东扬，我是陶子橙的现任丈夫。"张东扬故意做出了延伸回答，故意点出了自己是陶子橙的现任丈夫，就看对面的许铎如何应对。

语锋抛给了自己，但是许铎的策略依旧是不可轻易开口，因为他并不知道眼前这个张东扬是何用意。气氛略微尴尬时，办公室门被敲响，秘书进来说约好的恒昌公司的马总已经到了，现在正在陆副总办公室谈着相关事情。许铎授意说先让他们谈着，他忙完就过去。

"不好意思，您请说吧！"借着秘书敲门的这个机会，许铎立即礼貌客套的把话锋再次抛给了张东扬。

"那既然这样，我就直说了。"话锋一推二换之后，张东扬也没有耐心再和他卖关子了——毕竟他有急迫的问题需要解决，他有酝酿的计划需要实施。张东扬继续说道："我不管你和陶子橙关系进展到哪一步，我也不管你俩将来要怎样，但是，你的行为已经对我构成了伤害。许先生，虽然提'钱'这个字未免庸俗，你也会因此看低了我，但是目前只有钱能解决问题。从你手里，你再给我80万，我会不计较一切，让我放弃和陶子橙的婚姻都可以。"

听到此话，许铎是彻底愕然了。

他回味着张东扬刚才说的话，回想起了在张东扬进门前范一佳发来的那段录音，那是真真切切的陶子橙的声音："他身边女人无数，和我只是逢场作戏罢了，哪能当真……其实，我和许铎本来也没什么，十年前没有，十年后也更不会有。他对我的兴趣，可能只是一时的新鲜感吧……我已经结婚了，我们将各自在各自的轨道上生活。"

虽然依旧不言不语，但是许铎眉头一皱，仿佛世界已经地动天摇。

"许先生，在东华市您也是有头有脸的人物。"张东扬往沙发里一靠，环顾许铎硕大的办公室，从集团办公楼排场来看，许氏家族在当地肯定是有一定名声及财力的。张东扬继续说："我想，您不可能为了外遇女人这种小事，而影响了自己企业的名声吧！"

此时，张东扬的语气已经有点敲诈和威胁的成分，这让许铎面露愠色。

"您放心，拿到这80万，我就当这事没有发生过。我说话算话。"张东扬再次申明他想以80万买断此事的意图。

"如果你的话说完了，就可以走了。"许铎怒不可遏，但依旧压抑着怒火用低沉冰冷的声音说着。

"您不要激动，我是来和平处理事情的，我给你两天时间考虑。

只有两天，许先生。我的耐心也是有限的。"张东扬自以为借此可以恐吓住许铎，他认为这次的见面及对话是可以达到他个人目的的。

这是张东扬肮脏的、见不得光的卑鄙计划：从陶子橙手里拿到这80万偿还单位公款，免除自己的法律责任；再从许铎这里敲诈80万赎回自己的房子、偿还朋友的借款。这样，他和陶子橙离婚后就可以轻松无债地开启自己的全新生活。她陶子橙傍得高枝，他只要求以160万来解除婚姻和弥补伤害，这并不过分，他是对得起陶子橙的。

"识相的话，请马上离开。"许铎话语低沉，但不怒自威。

张东扬只好暂时停止畅想他的美好计划，悻悻地离开了。临出门前，他不忘加了句："我只给你两天时间。"

许铎愤怒的眼神直瞪着办公室门，直到门被关上很久都没有挪移。

张东扬自以为计划万无一失，最终他能否得逞？

## 40. 他更恼怒于突然冒出的一个陌生男人自称是陶子橙的丈夫，而且这个男人还试图对他进行敲诈勒索

出了集团办公楼，张东扬立即上了范一佳的车，离开了旭腾集团。

两个人各怀鬼胎，互为利用，各自有各自的目的，只是彼此不知情。

开着车的范一佳试探性地问张东扬，"张先生，许铎他是什么态

度？"毕竟，这是她最关心的问题。

"他几乎没怎么说话，也没表态。"张东扬如实说着。

其实，许铎的这种态度让范一佳和张东扬心里都没底。虽然，这两个人互不知晓各自的最终目的；虽然，这两个人只是暂时组合而成了狼狈为奸的团伙而已；虽然，这两个人只是在打一场不知胜算的赌注而已。

范一佳在急切地揣摩：许铎到底会不会因此而彻底恼怒陶子橙。

张东扬在更加急切地揣摩：许铎到底会不会如期给他 80 万元。想到此处，张东扬意识到一个关键问题，自己没有把联系方式留给许铎。如果许铎答应出钱消事，到时候怎么联系自己呢？

"范女士，可不可以麻烦你把你先生的手机号码给我？"许铎问道。

范一佳当然愿意——从她内心里，她希望张东扬一直骚扰许铎，从而让许铎彻底厌恶张东扬而迁怒陶子橙。

拿到许铎手机号码的张东扬立即给许铎发了条信息："许先生，我是陶子橙的丈夫张东扬，这是我的手机号码。千万不要忘记，两天为期。"

并没有在东华市多作停留，张东扬直接返程。范一佳把他送到了长途汽车站。临下车时，范一佳故意愁容满面地说："张先生，再有什么动向，我们随时保持联系吧！"

旭腾集团的办公楼是靠海边的，此时的许铎依旧没有从刚才和张东扬的会面情绪中解脱出来。他站在落地窗边，下午的海景是蓝海红日、孤帆远影，但是，一切美景对此时的许铎而言，入眼未入心。

许铎是一头雾水、恼羞成怒的。他恼怒于陶子橙在背后说他和她只是逢场作戏，毕竟他对陶子橙的心意是异于其他女人的；他更恼怒于突然冒出的一个陌生男人自称是陶子橙的丈夫，而且这个男人还试图对他进行敲诈勒索。

手机响，许铎从窗前返回到办公桌前看手机，竟然是那个男人发来的，竟然还在恬不知耻地提醒自己"两天为期"，许铎怒不可遏了。

想到陶子橙的声音，许铎又打开手机上的那段录音仔细听了一遍，陶子橙所说的每一个字都深深刺痛了许铎。前几天刚去济南见过了她苍白柔弱的模样，她甚至第一次主动依靠在自己怀抱里，她哭泣，他心疼；她柔情，他动情……怎么转瞬间她就变了态度？她冰冷的声音令他心寒，她所说的每一个字词都令他心碎。

难道，难道这是她导演的一场戏？她的目的只是利用他拿到朵颐和星海的合作？她的目的只是为了钱？

想及此的许铎已经出离愤怒了，"陶子橙，如果你想要钱，尽管开口要，我给你就是！你竟如此大费周章！我不会如你所愿的！"许铎恶狠狠地自言自语，右手紧紧地攥着手机拍到面前的一堆文件上。

许铎是喜欢陶子橙的，无论是张扬的、隐忍的、霸道的、低调的方式，这么多年来，许铎始终保持对陶子橙的兴趣。个中原因，也许，只有他自己知道。那句歌词唱得很对："我最深爱的人伤我却是最深，进退我无处选择。紧紧关上心门，留下片刻温存，燃尽我所有无悔的认真。"尽管陶子橙不算是许铎最爱的人，尽管许铎对陶子橙也没有无悔的认真，但是，这次许铎却真的受伤了。

陶家一家人的日子度日如年，他们不知道张东扬是否同意离婚，他们不知道女儿陶子橙的未来是怎样。陶妈妈几乎每天以泪洗面，陶爸爸气愤难当。他极力要求去张家见一下张东扬的父母，看看他们有什么样的说法。

陶子橙执拗不过父亲，毕竟父亲也是在为自己讨说法。结婚五年什么都没有，被张东扬背叛不说，还要背上 80 万元的债务，哪个父亲能容忍自己女儿受这样的委屈？

茶几上陶子橙的手机响了，陶子橙和爸爸都凑过去看是否是张东扬打来的，手机显示是陶子萝。

"子萝，你放假了？你哪天到？我这几天在老家呢！有点事情。"陶子橙对表弟说着。

陶爸爸示意陶子橙要过去了电话，对陶子萝说："子萝，放暑假了吗？没重要事的话，先回家来一趟，家里有事。对，最好今天或明天。"

"爸爸，叫子萝回来干吗？"陶子橙听爸爸的语气不对，有些着急。

"回来'备战'，我觉得张东扬这小子欠揍！"陶爸爸气愤地说着。

"爸爸，我自己的事情我自己会解决。再说，子萝还是个孩子。"陶子橙听出了爸爸语气里的火药味，更加着急。尽管她也恨不得想要把张东扬千刀万剐，但是她不想把事情闹大。

"子萝都二十二岁了，成壮青年了，关键时候该保护你这个姐姐了。"陶爸爸字句铿锵地说着，让陶子橙无法反驳。

陶子萝在隔天上午就回到了青城。他是陶子橙二叔家的表弟，比陶子橙小 11 岁。在陶子橙上初中高中的时候，陶子萝正从幼儿成长为幼儿园小朋友。陶子橙喜欢这个小表弟，经常带他玩耍游乐。她的青春期遇到陶子萝的儿童期，姐弟俩碰撞出了很多美好故事，所以俩人感情甚好。转眼间，陶子萝也成为 22 岁的成年人了，她不能总把他当成孩子了。

年轻人毕竟是血气方刚，刚听大伯简单说完表姐的遭遇，陶子萝就愤怒了。他腾地从沙发上站起来，拳头紧握，额头青筋暴起，直说着："还给他什么三天时间，一分钱都不给他，我这就去揍扁他。"

　　"子萝，暂时不要激动。我这次着急叫你回来就是让你和我一起去趟张家，今天午饭后咱们就过去。"陶爸爸拉住了陶子萝，并把今晚的计划告诉了他。

　　陶子橙看到已经剑拔弩张的爸爸和表弟，生怕他们会做出什么过分的事情。但是，她也了解爸爸的心情，同意爸爸的提议。她自己也想去趟公公婆婆家，看看他们老两口是否知情，有怎样的解决办法。

　　午饭后，心情沉重的陶子橙爸爸和表弟一起去往公婆家。平心而论，两位老人待陶子橙是不错的。虽然婆媳交情不深，但是每次过年过节回家，婆婆都会做最好的饭菜招待陶子橙，而且，很少会让陶子橙下厨房。所以，这次来公婆家，陶子橙害怕爸爸和公婆发生太大的冲突，毕竟，这是张东扬一个人做的孽，和公婆没关系。再说，发生这样的事，如果公婆知道了，两个老人也肯定是要操碎心的。

　　"爸爸，待会儿你注意言辞，不要对张东扬父母有太过激的言行。毕竟，他们老两口是无辜的。"陶子橙边上楼梯，边嘱咐着对爸爸说。

　　"你倒是善良，光为人家着想，却得到这样的结果，哎！这傻闺女。"爸爸叹息说道。

　　张东扬的家在三楼，陶子橙一行三人在走到二层楼梯时就听到了一阵阵激烈的争吵声。陶子橙明显感觉到声音耳熟，而且，越接近三楼，争吵的声音越清晰。在三楼站定，他们已经明显辨别出吵架的声音就是从张东扬父母家传出来的。

　　"我们张家怎么出了你这种混蛋，你，你气死我得了。"陶子橙听得出，这是公公的声音。

"我是混蛋！她陶子橙也不是什么好鸟！她和那个男的不也是搞婚外情吗？我的事不用你们管！陶子橙自己愿意给我 80 万，我又找那个姓许的要了 80 万，这样，我的事情就全部解决了，不用你操心！"这是张东扬的声音，几乎是怒吼出来的，恨不得整个楼道都能听到。

陶子橙内心的堡垒瞬间倒塌。她听到张东扬说自己搞婚外情，听到张东扬说去找姓许的要了 80 万，陶子橙脑子一片空白了。

"姓许的，难道是许铎？他怎么知道许铎？"想到这里，陶子橙几乎摔倒在楼梯上，恰好身手敏捷的陶子萝适时扶住了她。

## 41. 虽然是明媚的天气，陶子橙却觉得天昏地暗、胸闷气喘

然而，更让陶家人接受不了的话还在后面。

"东扬，你这是丧良心啊！不管怎么说，人家橙子跟了你五年对你不错！你，你怎么……"这是张东扬妈妈带着哭腔的话。

"妈，我现在这样了，还不上钱我就得坐牢啊！你忍心让你儿子去坐牢吗？人不为己，天诛地灭！妈，我还有个计划，只是橙子一直不配合。我想让她怀孕，孬好给咱家留个孩子啊！结婚这五年都没给咱家生个孩子，我还觉得我亏了呢！"张东扬更加恬不知耻地说着。

听到张东扬的混账话，看到姐姐的反应，陶子萝瞬间火爆到极点。他扶姐姐站稳后，"砰砰砰"地砸门。

门开了，正是张东扬。

陶子萝一拳头砸过去，正中张东扬脸上。冷不丁遭受一击，张东扬往后一个趔趄，嘴角流出丝丝血迹。

张东扬父母慌作一团，但是当看到陶子橙和她爸爸，老两口也明白了，事情已经完全败露，亲家找上门来了。儿子做这么大的孽，老两口也自知理亏。尽管儿子被打一拳，但也只能和颜悦色，好生地接待亲家。

"老张，咱们做亲家五年，没想到最后结局弄成了这样。恰好东扬也在场，瞧你做的这些'好事'！你说说打算怎么办？你们张家好意思让我们橙子替你们白白背上这80万的债务？东扬这浑小子还说后悔没让橙子给你们张家生个孩子！好事都让你们占尽了！"陶爸爸气愤地说着。

陶子橙低头坐在一角。陶子萝没有坐下，他站在姐姐身边，咬牙切齿、双拳紧握。

听到生孩子的事，陶子橙回想起了前段时间张东扬一反常态逼迫自己和他发生关系的事情。本来怀孕生子是水乳交融、水到渠成的美好事情，而在张东扬的算计里，他让自己怀孕的目的却如此自私、如此卑鄙。

想到这里，看到眼前张东扬这张卑鄙的嘴脸，陶子橙突然涌起一阵恶心，但还是尽力忍住了。

"爸爸，我到楼下等你。"和爸爸交代了一声，陶子橙就起身下楼了。她觉得，这里有爸爸和表弟陶子萝应付就行。

坐在楼下小区健身器材边上的木凳上，陶子橙的恶心感消失了。阳光从绿叶间垂射下来，洒在陶子橙身上斑驳陆离。虽然是明媚的天气，陶子橙却觉得天昏地暗、胸闷气喘。

陶子橙想不明白，张东扬怎么变成了这副嘴脸？当初认识他时，就是相中了他的踏实可靠。他又考上了环保局的公务员，职业也稳定体面，这让陶子橙及家人更觉得他可以托付终身。在陶子橙的理解里，如果他们俩人中有一个人会背叛婚姻出轨，这个人一定是自己，而不会是张东扬。但是，张东扬却令陶子橙大跌眼镜了，不但出轨出得彻彻底底，把家也败得彻彻底底，还公然触犯了法律！张东扬这个人到底是哪根筋搭错了？为了金钱彻底改变了人生观吗？

想到这里，陶子橙倒吸一口凉气。她庆幸苍天有眼，自己还是幸运的，能够及早发现张东扬的卑劣行径，能早日跳出火坑；她庆幸自己有先见之明，在上次与张东扬发生性关系后，她及时服用了避孕药，免除后患。

"避孕药！上次和许铎那个之后，忘记了！"这个事实猛地闪过陶子橙的念头，惊了她一下。但是，她很快镇定下来安慰自己，"不会那么巧，不会那么巧！"

"姐，姐。"陶子萝在着急地找陶子橙。陶爸爸不放心陶子橙，示意陶子萝下楼找她。

"子萝，我在这儿。"陶子橙应声站起来，从一堆绿植后面露出半个身子。

"你没事吧，姐？你脸色不好，发白。"陶子萝关切地问。

"没事的，他们谈得怎样了？"陶子橙说。

"还在谈着！大伯很生气，因为张东扬这个王八蛋说你在外面勾搭一个什么姓许的男人。我真想揍扁他，大伯怕我冲动，先让我下来看看你。"陶子萝如实描绘着双方谈判的场景。

一听到这话，陶子橙噌地火冒三丈了。这该死的张东扬，凭什么扯上许铎，刚才在屋门口时就听他口口声声说要向许铎勒索 80 万。因为自己刚才眩晕恶心，加上子萝又揍了张东扬一拳，场面一时混乱就忘记当场跟他对峙了。张东扬怎么会知道许铎？怎么会找到许铎？想到这里，陶子橙几乎是飞奔着跑上了楼。不明就里的陶子萝大喊着"姐，姐……"紧跟其后飞奔上去。

"张东扬，你凭什么说我勾搭男人？"陶子橙进门后第一句话就直接逼问张东扬。

直面陶子橙，张东扬还是有点理亏的，毕竟陶子橙没有过多指责他，而且答应帮他还 80 万公款。但是，此时，张东扬顾不得情深谊长了，当下只能先顾自己。而且，有范一佳为证，陶子橙是勾引了人家丈夫的。想到此，张东扬理直气壮地面露凶相了。

"你自己心里清楚，你和那姓许的是什么关系！"张东扬怒视着陶子橙说。

自己和许铎的关系，虽然并不清白，但自打从东华市回来，自己并没有再和他有过分牵扯，没有张东扬想象得那么不堪。而且，他去向许铎勒索 80 万，这是什么混账逻辑！

"我和他的关系不是你想象的那样，你怎么知道他的？你怎么会去问人家要 80 万？我答应给你这 80 万还不够吗？你还要不要脸？多亏你还是一个公务员，你连最起码的做人道德都不懂！"陶子橙简直怒火中烧了。

"橙子，你傍到高富帅了，还要和我离婚，我是鸡飞蛋打，一无所有了！我要点补偿费有何不可？既然他已经给了你80万打发我，那我再多要80万又有何妨？依我看他的企业规模，他不差这百八十万！"张东扬恬不知耻地说着这一番话。

张东扬话音一落，陶子萝直接扑上去拽紧了他的衣领，和他扭打在一起。因为陶子萝刚回到家时，就听大伯说了亲朋好友凑足80万元现金给张东扬偿还单位公款的事，可眼前这个混蛋在睁眼说瞎话，他就忍不住上来替大伯教训他。

## 42."东扬，你让我们失望透顶！"陶爸爸一字一顿地说出了这简单却掷地有声的十个字

场面乱作一团。

陶子萝和张东扬撕扯扭打着。很显然，张东扬不是陶子萝的对手，他比陶子萝矮了半头，块头也比陶子萝小半号。面对陶子萝的攻势，他更多的是在防守；张东扬爸妈怕儿子被打坏了，想阻拦却无从下手，张妈妈急得直掉眼泪；陶子橙并不想以武力来解决此事，看到弟弟出手打了张东扬后，她就想上前拉架制止；陶爸爸是有意让陶子萝教训张东扬一顿的，所以他一把拉住了想去拉架的女儿。

茶几上的茶杯都摔落到地上，沙发头上靠近墙边的花架也摔倒，黑瓷花盆跌落碎成两半，花盆里泥土洒落到地板上，部分叶片已被两

个激动的男人踩烂……场面几近失控，张东扬明显处于劣势。

"子萝，可以了。"陶爸爸太喝一声。

陶子萝松开了即将捶下去的拳头，整了整衣服和头发。他又扬起拳头，恶狠狠地瞪着张东扬说道："你有胆量，敢欺负我姐！先问问我拳头同不同意！"

看到终于停止了打架，张东扬妈妈松了口气，扶起了躺在地下的儿子。她顾不得凌乱的客厅，一下瘫坐在沙发里嘤嘤哭泣，直嚅嗫着："作孽啊作孽啊！"

见到陶爸爸走到张东扬面前站定，张家爸妈以为他又要动手打自己儿子，两人都面色紧张，眼神紧盯着亲家公即将爆发的手部动作。

陶子橙父亲缓慢抬起右手，最终手掌停落在张东扬左肩膀上，并没有再有所动作。张东扬也以为岳父抬起右手要扇他耳光，所以早就预备性地将头扭到了右边，肩膀紧缩，眼睛微闭。直到感觉到岳父将手停落在右肩不动后，张东扬才放松了戒备。他缓慢回头，眼神躲躲闪闪地看向了岳父。

岳父的眼神锐利、愤怒，直盯向张东扬，"东扬，你让我们失望透顶！"陶爸爸一字一顿地说出了这简单却掷地有声的十个字。

"你个混蛋！少在这儿诬赖我姐！我姐借遍了亲朋好友的钱，才给你凑了80万，你竟然说是什么男人给她的！你就是欠揍。"陶子萝边说边又想动手，被陶子橙拉住了。陶子橙抓着陶子橙的手说："姐，一分钱也不给他，让他坐牢去。咱们走。"

"大伯，咱们回家，跟这种人没理可说。"陶子萝另一只手拉着大伯边说边向门外走。

此时，张东扬爸爸却一下子扑过来拉住了陶子橙爸爸的手，双手颤抖，双眼含泪说："亲家，我们张家确实对不住你们陶家，我也没脸跟你开口。但是，看在我们老两口的薄面，求求你帮帮东扬吧！可真不能让他去坐牢啊！我们老两口就这一个儿子啊！"说到最后，张东扬爸爸已经老泪纵横了。

"爸，您别难过！"陶子橙看到公公声泪俱下，实在于心不忍。她走过来对公公说："之前，我已经和东扬说过了，我给他凑足单位这80万公款，按照夫妻债务均摊的原则，我也算是替她背了一半的债务了，但是我的条件是离婚。爸，您也理解我，走到今天，我们无法再维持婚姻了。"

"啊？只能离婚吗？橙子。"张东扬爸爸一时无法应承。听到陶子橙答应替儿子背80万债务，又听到这80万的条件是离婚，老人左右为难了。

"爸，我坚持离婚还有其他原因。有些事，我不便多说，您问东扬吧！让东扬决定好了，早给我答案。"陶子橙说完，就和爸爸、弟弟离开了张家。

张东扬爸爸挪步到张东扬面前，问他究竟发生了什么事情，使得陶子橙坚持要离婚。此刻的张东扬已经无法回避或者闪烁其词，只好嚅嗫着说出了他带女人回家被陶子橙撞见的事实。

"混蛋！"张东扬爸爸嘴里骂着，同时一个巴掌扇在张东扬脸上。


陶家三人回程的车上，陶子萝气愤难平，情绪烦躁。他问道："姐，那家伙嘴里说的姓许的男人是谁啊？他怎么说这80万是姓许的给你的！真是岂有此理！"

"没什么，一个老朋友而已。"冷不丁被弟弟问起，又当着爸爸的面，陶子橙有些不知如何作答，但此时她的内心已经在紧锣密鼓地盘算了起来。她在想，张东扬到底是怎样知道许铎的？他俩是否见过面？张东扬是如何向许铎勒索80万元的？自己该以怎样的途径可以得知他俩的沟通方式和沟通内容？是给许铎打电话？还是发短信、微信？还是直接去见许铎？

三人回到了陶家，一进门，陶子萝就向大婶描述着他和张东扬战斗的场面，主要在强调张东扬有多么可恶，他有多么神武。陶爸爸却把陶子橙一把拉进了书房问话。

"姓许的？还是十年前那个许铎？"陶爸爸严肃地问陶子橙。

十年前，许铎轰轰烈烈地找寻陶子橙。陶子橙因为他和男友分手、从报社辞职，这些大事件是不可能不惊动陶子橙爸爸妈妈的。而且，陶爸爸一直没有告诉陶子橙，许铎是曾经来过陶家找陶子橙的。

当时，许铎从原报社同事那里打听到陶子橙的老家，在陶子橙爸妈所住的小区门口打听时，恰巧被路过的陶子橙爸爸遇见。因为陶子橙这同一个女人，两个不同身份、不同年龄的男人是有过一些碰撞的。一个是飞扬霸道的青年男人，对陶子橙势在必得；一个是爱女心切的父亲，对女儿保护有加，不会轻易将女儿交付一个男人。因为许铎的出现，女儿闹辞职又分手，陶爸爸对许铎是未见其人就充满敌意的。

"不要再试图找陶子橙，我代表我女儿拒绝你。"尽管许铎在陶爸爸面前百般表达自己对陶子橙的狂爱，陶爸爸仅一句话就把焦躁的许铎冷落在街口，然后拂袖而去。

当然，此事，陶子橙和陶妈妈并不知情。

"是的，爸爸。我们这十年间没有联系过，只是前段时间和茉莉芭蕉去东华市时，又偶然遇上了。"陶子橙如实对爸爸说着。

"十年了，他这次出现是什么意思？你这次离婚，有他的因素吗？"陶爸爸直入主题地问着女儿。

"我们没什么，爸爸。"面对爸爸的咄咄逼人，陶子橙无法直视，无法回答。到目前为止，即使陶子橙和张东扬走到离婚的节奏上，其实和许铎没有太大的关系。即使没有许铎，仅就张东扬的所作所为而言，他们的婚姻也难保。

面对女儿躲闪的回答，陶爸爸一声叹息。

"爸爸，我想去趟东华市找许铎。我想搞清楚，张东扬为什么找他勒索80万，这牵扯到我的人格问题。我不想和许铎有这样金钱上的误会。"陶子橙对爸爸说着。

陶子橙说得有道理，陶爸爸点头同意。

于是，陶子橙决定第二天去东华市。

## 43、陶子橙怀孕了

两个城市，四个人，都在等结果。

张东扬在青城。眼看着单位领导查账的日期临近，他在急切地等待着许铎给他80万元的肯定答复。

范一佳在东华市。她在急切地等待着自己精心布局的最终结果，希望许铎在历经陶子橙夫妻的联合骚扰后，能够厌烦陶子橙而回归她和孩子身边。

陶子橙在去往东华市的路上。最近的日子糟糕透顶,她精神上和身体上都难以承受。她急切地想弄明白,张东扬口口声声说的找许铎要 80 万是怎么回事。

许铎在东华市。他刚和陶子橙有了亲近的感觉,却突然蹦到自己眼前一个男人,自称是陶子橙的丈夫,并索要 80 万,这到底是怎么回事?自己该不该遵从那个男人口中两天为期的约定?陶子橙会不会给自己一个解释?

是谁导演了这场戏,让每个人都陷在角色里?一切都是天意吧!

陶子橙从东华市长途汽车站下车的时候,天空飘起了毛毛细雨。一向敏感细腻、悲秋悯月的陶子橙似乎并未在意这场雨,若在从前,她一定会诗兴大发的。打车到旭腾集团的路上,她发微信给许铎:"许铎,我来了,有些事,我必须当面和你讲清楚。"

正在参加集团一个会议的许铎感觉到手机震动,偷瞄了一眼手机,是陶子橙的微信。这一眼伴随着几下心跳,许铎骗不了自己——从内心里,他是渴望见到陶子橙的。会议即将结束,许铎定了定神,恢复了惯常的表情。等回到办公室后,他的面部表情却调整到了即将与陶子橙决裂的状态,随即一条微信发出:"不就是 80 万的小事吗?不必当面讲清楚。"

这一条微信对陶子橙刺激不小,从字面折射出的意思来分析许铎的情绪,他应该是气愤不已的。越是如此,陶子橙越是要见到许铎本人。她回复微信:"我马上到,我必须见你。"

在许铎收到这条微信时,陶子橙已经过了保安室,登记进入旭腾集团办公楼了。

没有敲门，直接推门而入的陶子橙发丝略显凌乱，长裙经了细雨的浸染不再那么飘逸，但天生丽质的陶子橙即使没有过分的装扮也难掩清秀。

在看到陶子橙的一刹那，许铎竭力伪装的面部表情是有一刻松懈的，他的念头里回闪过那一晚在山上陶子橙对他的主动依偎。但是一瞬间，许铎就调整好了冷若冰霜的面容。他想，也许那晚的投怀送抱只是一场蓄谋的表演而已。

时隔几天，再次见到许铎，陶子橙突然觉得没来由的陌生。许铎脸上柔软的神色褪尽，完全是凌厉木然的模样。即使他脸上勉强挤出一丝客套的致意，但眼底已染上寒霜。

许铎直视陶子橙，目光难测。陶子橙不禁打了个寒颤。

"许铎，我不知道张东扬竟然会找你要钱。"陶子橙不得不开场白。

"陶子橙，十年来，可能在你眼里，我就是个笑话。"没有接陶子橙的话题，许铎不带任何感情地冒出了这句话。

这话让陶子橙惊讶，她往前走到许铎跟前说："许铎，我觉得，我们之间有误会。"

许铎冷笑一声，不置可否，他扬起手机，那段录音再次放出："他身边女人无数，和我只是逢场作戏罢了，哪能当真……其实，我和许铎本来也没什么，十年前没有，十年后也更不会有。他对我的兴趣，可能只是一时的新鲜感吧……我已经结婚了，我们将各自在各自的轨道上生活。"

听到这段录音的陶子橙诧异不已，她迅速回想起，这是范一佳去济南找她时俩人聊天说起过的话。这段录音怎么会在许铎的手机里？陶子橙旋即明白了：她又被范一佳算计了。

"陶子橙，我知道你已婚，也对我嗤之以鼻，想要钱？你开口我会给你的，不必大费周章。"许铎冷冷地说着。

一阵眩晕的陶子橙只感到体内一阵恶心加空虚，她只好扶住了桌子。对于自己前段时间与范一佳见面，她又懊悔，又痛心，又憎恨。

"我不会要你一分钱！"陶子橙声音低弱但是语气坚定。她边说着，边晃晃悠悠往外走。

"又是范一佳！"陶子橙的声音，低弱中难掩愤怒。说完此话，陶子橙已经离开了许铎的办公室。

在陶子橙离开后，许铎如同卸下了全副武装般，开始坐立不安。他拿起手机准备打电话给陶子橙，犹豫着又放下了手机。然后他打开门，跑到走廊对面的贵宾接待室。从这个房间的玻璃窗望出去，可以看到集团大门，他可以看到陶子橙从这里走出去。

窗外烟雨蒙蒙，这让许铎多少担心陶子橙会淋雨。他想，不管俩人关系怎样，出于礼节，他是不是该派车送她？

陶子橙出现在许铎视线里的时间比他预计的要晚，陶子橙是跑向大门口的。不知是不是风刮陶子橙长裙的原因，许铎总感觉陶子橙跑起来飘忽不定，如柔若无骨的柳条般。

果不然，陶子橙跑到集团大门口值班保安桌前时，突然摔倒在地。

许铎立即从九楼往楼下冲。

跑到大门口的许铎，却没有见到陶子橙的身影。"刚才摔倒的那个女人呢？"许铎喘着粗气问。

"许总，我们刚把那女人扶起来到屋里坐下，许董的车过来了，就接着那女人走了。"一保安如实回答。

"许董接她走了？为什么？那女人情况怎样？"许铎急于从保安

这里得到更多信息，因为这关键的环节都是他在等待电梯或在电梯里时发生的。

"好像她在一楼大厅里遇到许董，说完话就跑出来了，然后就在这里摔倒了，她脸色煞白。许董说送她去医院。"保安把所有看到的都告诉了许铎。

想给许董打电话，许铎才发现，刚才跑得急，自己手机根本没带在身边，他又疯狂跑回办公室。

"姐，陶子橙在哪个医院？"电话接通，许铎直接问许卓。

"你怎么还和这个陶记者纠缠在一起？好好地和一佳带着尚岩过日子不行吗？四十岁的人了，还这么不负责任！"许卓也不接许铎的话茬，劈头盖脸批评他一番。此时的她，不是公司董事长，而是许铎的长姐。

"都说了多少次了，我和范一佳不可能。姐，你告诉我，你带陶子橙去了哪家医院？她怎么了？"许铎不耐烦地问着许卓。他骨子里还是飞扬浮躁的，回归到家庭层面，他不愿意听姐姐唠叨他这些感情琐事。

"就因为陶子橙和于番……"许董言语中也开始带着怒火。

"别说了，姐。"许铎猛然打断姐姐的话，厉声问道，"你告诉我，陶子橙怎么了？"

于番是许铎的前妻，那个抛下许铎到国外去的女人。自从他们分手后，许铎禁止任何人在他面前提起于番。做企业这么多年，许卓是有一定脾气的，但是，面对这个唯一的弟弟，她还是有些无可奈何的。

许卓叹了口气说道："陶子橙怀孕了。"

## 44. 内心里一个声音却不断在呼喊：肚子里这个孩子是许铎的

"陶子橙怀孕了？"从电话里听到姐姐的话，许铎不自觉地又重复了一遍。

得知陶子橙怀孕，许铎仿佛突然从刚才的发飙中清醒过来，他决定不去医院了。因为，他觉得，既然陶子橙已经怀了别人的孩子，就更加和自己无关了。以后的路，他们只会越走越远。如陶子橙所说，他们将在各自的轨道上生活。

从见到陶子橙时的剑拔弩张，到陶子橙晕倒时的着急发飙，到得知陶子橙怀孕后的黯然神伤，短时间内，许铎的情绪经历了巨大波动。

他如泄气的皮球般，低迷萎缩了，举着手机的手缓慢滑落。

但是，不明就里的许卓猛然意识到一个问题。她着急追问："许铎，许铎，你给我讲明白，陶子橙肚子里的孩子是不是你的？"但是，电话那头已经没有声音了。

不管陶子橙和许铎现在是什么关系，不管陶子橙肚子里的孩子是谁的，许卓思虑再三，还是安排助理给陶子橙交了足额的医院费用，并安排了 VIP 病房。

其实，刚才陶子橙从许铎办公室出来，走到一楼大厅时，恰好遇到了许卓。许卓一眼看到了失魂落魄的陶子橙，她一下就联想到陶子橙又是来纠缠许铎的，所以就厉声批评了陶子橙："陶记者，我们这里是办公场所，你瞧你现在这个状态，太有失斯文。再者，我提醒过你多次，不要试图接近许铎，他已经是有孩子的人了。请你自重。好吗？"

就是这句"请你自重"如同十年前一样有杀伤力，陶子橙简直要泪奔了。一种强烈的空虚感、无力感袭来，她哭着就跑出了旭腾集团。跑到大门口时，眼前一黑，突然晕倒，不省人事。

醒来的陶子橙才意识到自己是躺在床上的。她试图动了动身子，有些酸痛，抬起手来，看到自己左手上打着点滴，右手掌包裹着纱布，胳膊肘也有些擦伤。她用手指摸一摸右侧额头，同样也包裹着纱布。陶子橙这才明白，她是在医院病房里。

但是房间里没有人。

陶子橙试图回想刚才的情节，从许铎办公室跑出，在大厅里被许卓羞辱，在大门口晕倒，仅此而已。她为什么晕倒，晕倒之后是谁送自己来的医院，她都一无所知。

窗外的雨依旧淅淅沥沥，风从几棵不知名的树之间吹进病房，带来一丝湿润的气息。但是，这并无法掩盖病房里空气中的药水气味。

护士进来了，陶子橙努力抬了抬身子，问道："请问，我怎么了？谁送我到医院来的？"

"陶小姐，恭喜您，您怀孕了。听医生说，可能是休息不好，情绪又受到刺激才晕倒了。送您来的是一男一女两个人。"护士笑容可掬地边说着边检查陶子橙的点滴进度。

"怀孕？怎么可能！"陶子橙着实被"怀孕"这两个字给吓到了。她几乎从病床上一跃坐起，由于起身太猛，头晕伤口疼，她不由自主地用右手扶了一下头部。

"怎么不可能呢？B超结果在桌上放着不是？"女护士看到陶子橙的激烈反应，笑着继续说，"是不是第一次怀孕，特别兴奋啊？"

陶子橙没法回答，在这个离婚的关键时刻，怎么就突然怀孕了呢！她没法和一个陌生的女护士解释关于她婚姻家庭的来龙去脉，只好拿过床头柜的化验单来看，B超结果提示是早孕——自己怀孕，确切无疑。

陶子橙眼睛继续假装盯着手里的B超单，脑子里在迅速回想自己和张东扬最后的做爱日期。最近的一次有效做爱，距离现在时间已久，和B超单上的时间也不一致，而且自己是吃过避孕药的。不可能怀孕的。

难道是……陶子橙没有勇气继续回想，她却手心冒汗，不由自主地攥紧了B超单。不想面对，但是内心里一个声音却不断在呼喊：肚子里这个孩子是许铎的。

陶子橙直觉天旋地转了——自己的人生被动地走到了这样一条道路，她不知如何继续。

"陶小姐，您不舒服吗？"护士走过来，扶着陶子橙的肩膀关切地问道。

护士的这一句话，把思想徘徊在绝望边缘的陶子橙拉回到了现实。她突然很想知道，到底是谁送她来的医院，许铎是否知道她怀孕了。

"这一男一女分别是什么样子？你还记得吗？"陶子橙继续追问。因为仅凭"一男一女"这四个字，她无法判断出是谁。

"那男的很年轻，跑前跑后在交费办住院手续，那女的一看像是个领导，大约四五十岁，但是气质非常好。"护士如实说着。

根据护士的描述，陶子橙分析出，这一男一女应该是许卓和她的司机，就是自己在跑出旭腾集团办公楼一楼大厅时遇到的人。

那看来，对于自己怀孕一事，许铎并不知情。根据陶子橙的判断，许董是不会将自己怀孕的事告知许铎的。她一向反对自己和许铎来往，她送自己来住院，只是出于人道主义关怀，顺手帮忙而已，绝不会把自己零七碎八的事情告诉许铎。

许卓这样的女人，天生是为事业而生的。她们的人生就像是一首昂扬的颂歌，只有不断向上的磅礴，绝不会为了某个人稍作辗转。陶子橙当年与她采访的交情，早就随着十年风雨而被无限度稀释冲淡了。

"我什么时候可以离开医院？"陶子橙问护士。

"医生给您开了两天安胎养神的针剂，您可以安心休息两天，那位男士已经给您交足了住院费。您先生不来陪您吗？"护士关切地问道。

陶子橙没有回答。我先生？我名正言顺的先生即将被清理出局，肚子里孩子的父亲却不是自己的先生。陶子橙这样想着时，无奈地苦笑了一下。自己怀了许铎的孩子，该怎么办？是不是该堕胎？现在就做流产手术？

"我想做流产手术，可以直接帮我安排吗？"陶子橙猛不丁地问护士。

"啊？"护士明显被这句话给惊着了，正在整理房间的手停止了动作。她不明白眼前这个女人是怎么回事，被人匆匆忙忙送来医院，被查出怀孕，自己却要求流产。

从护士疑惑的表情和眼神里，陶子橙也觉察到了自己的唐突。这位小护士内心一定八卦翻涌，一定猜测自己是小三怀孕，羞于见人，急于堕胎，以求清白。

"算了，我休息一会儿吧！"陶子橙跟护士说着，她觉得自己该冷静下来，梳理一下思路。

护士出了病房后，陶子橙第一件事就是摸出手机给茉莉打电话。她知道，理性的茉莉一定会给她最恰当的建议。

## 45. 仅仅几天工夫，陶子橙就经历了这么多似乎只有电影中才会出现的故事情节

"茉莉，我怀孕了。"接通茉莉的电话后，陶子橙直入主题。和最亲密的闺蜜之间，不需要铺垫和拐弯抹角。

茉莉着实被这个消息吓到了，猛地从办公桌前站起来，直接问："真的假的？谁的？"

"许铎的。"陶子橙平静地说着。

"啊？就那一次，就怀孕了？"茉莉惊讶到了极点，手往桌子上一拍。

"我该怎么办？茉莉。张东扬的事情还没有了结呢！"陶子橙说。

"你在哪里？我们见面说。在老家吗？我去找你。"茉莉做事干脆，绝不拖泥带水。

"没有，我在东华。"陶子橙赶紧和茉莉说了这几天发生的事情。

茉莉听得天旋地转，脑袋发胀。仅仅几天工夫，陶子橙就经历了这么多似乎只有电影中才会出现的故事情节。

"橙子，亲爱的，一定要坚强，我明天就到。"茉莉当即决定去陪陶子橙，顺便去处理那边项目的工作事情。

"茉莉，我一会儿给芭蕉打电话，别人要保密啊。"陶子橙嘱咐道，她不想把事态扩大化。

此时的芭蕉正在余延森的陪同下逛济南南部山区的四门塔景区。这是一座距今一千三百多年的佛教寺庙，始建于隋朝后期大业七年。山坡下矗立着的四门塔，是目前中国现存最古老的的单层亭阁式石塔。

接到陶子橙电话时，芭蕉正欣赏塔心柱东西南北四面的佛像，这些都是佛教艺术的珍品。佛像由整块大理石雕刻而成，细眉慈眼，安详恬静。

"什么？你怀孕了？"听到陶子橙"怀孕"二字一出，性急的芭蕉情不自禁脱口而出。芭蕉的声音划破了整个佛教氛围的宁静，身旁的余延森当即明了于心，眉头略微一蹙。他知道，芭蕉又要为闺蜜两肋插刀了。

当芭蕉听到陶子橙告诉她是许铎的孩子时，禁不住发出惊叹："这该死的许铎，竟然一次命中啊！"芭蕉的大呼小叫引得路过的游人投来诧异的目光，余延森只好将她拉到稍微远离人群的台阶处坐下。

"张东扬呢？不离婚？什么？给他 80 万他还准备向许铎勒索 80 万？你在东华市医院里？许铎这么绝情？又是范一佳……"芭蕉一直大呼小叫的——毕竟，陶子橙这几天的经历实非常人可以接受，着实把芭蕉刺激到了。

坐在一旁抽烟的余延森从芭蕉这些只言片语里也已经大概听明白了陶子橙这几天的经历。作为芭蕉的前男友，余延森和陶子橙也已认识多年，他也很为陶子橙的遭遇而扼腕叹息。但是从芭蕉的唠叨中，他听到了一个熟悉的人名"许铎"。他想等芭蕉打完电话后确认一下，此"许铎"是不是他认识的一个朋友。

"好吧！橙子。茉莉过去，我就放心了，等你回来。"芭蕉说。

"保密啊，芭蕉，我不想让人知道我怀孕的事。"陶子橙最后不忘嘱咐芭蕉。

"哦！好。"看了一眼旁边的余延森，芭蕉勉强答应着。还好，老余算是忠实的自己人。

"芭蕉，橙子又出事了？我想问一下，你们口中的'许铎'是不是东华市旭腾集团董事长的弟弟？"余延森问道。

"就是他！你怎么知道？"芭蕉杏眼圆睁，她很惊讶于眼前的余延森认识许铎。作为造成陶子橙此次灾难事件的共犯之一，芭蕉有点恼怒于许铎。

"他是我上MBA时的同学，也有两三年没见面了。上次他到济南来出差，本来说是同学们一起聚聚的，但当晚他突然有事，他助理替他过来敬酒的。所以也没见到。"余延森对芭蕉说。其实，他之前只是偶尔听芭蕉絮絮叨叨提起关于陶子橙的某些事情，但他并不知道，陶子橙十年前后有过纠葛的男人竟然是他的MBA同学许铎。

"你了解他吗？这个许铎是不是女人无数，私生活不检点？"芭蕉问道。

"别乱说。这可不能轻易下结论，人家的私生活我怎么知道！不过，他倒是个性情中人，生意决策爽快果断。"余延森评价说。

"别粉饰他了，橙子变成现在这样，与他脱不了干系。之前我还那么怂恿橙子离婚后嫁给他，可是，他却轻易误解橙子。橙子怀孕了，现在自己躺在东华的医院里。"芭蕉低头叹息。

"对了，老余，刚才橙子嘱咐我不要告诉外人。她现在还没离婚，肚子里的孩子是许铎的，你一定保密啊！她也怕人说闲话。哎！乱了，全乱了。"芭蕉一阵烦躁，站起来，在四门塔旁边的"九顶松"树下无目的地走着。

这棵"九顶松"，其实不是松树，而是一棵两千多岁的古侧柏。它的年龄比四门塔还要老，有"齐鲁第一树"的美誉。芭蕉站在树下，抬头仰望枝繁叶茂的树体，低头凝视被掏空了的树干，陷入了深思。


茉莉和司机、助理在第二天上午到达了东华市。茉莉到陶子橙所在的 VIP 病房时，陶子橙已经收拾妥当，只等离开了。

"身体还好吗，橙子？"茉莉一进门就着急关切地把陶子橙上下打量了一番。

"好得很，茉莉，我现在想去找范一佳。"陶子橙说着，眼神里的斗志在昂扬起舞。

"没必要，橙子。为了许铎去找范一佳吗？你没有十足的立场，会让她钻空子的。而且，你现在的处境很尴尬，没和张东扬离婚，却怀了许铎的孩子。从法律上，许铎和你是没有任何关系的。"茉莉的分析总是一语中的。

"有道理，茉莉。那这次，我就这样轻易落入她的圈套中被她耍弄？还有，我觉得，张东扬能找到许铎，也是范一佳设计的圈套。"

陶子橙分析说。

"极有可能。"茉莉肯定了陶子橙的想法。

"一团乱麻啊，茉莉。一切都在这个节骨眼上，你说，许铎会给张东扬钱吗？张东扬到现在也没说要不要我手里的 80 万，我是先和张东扬离婚呢？还是先堕胎呢？"愁肠百转的陶子橙边说边在屋里转来转去，双手不断抓挠着头发。

一旁的茉莉静气凝神，她在帮闺蜜陶子橙梳理思考最合适的计划。

而此时的范一佳，更是思绪辗转，心神不宁。她在办公室里踱来踱去，不时翻看手机是否有电话或短信进来。她不知道张东扬与许铎的谈判到底进行到哪一步，这个张东扬也不和她通报一下情况。范一佳明白了，张东扬并不是一个好的合作对象，自己下步该怎么走呢？

范一佳也陷入了忧虑。

## 46. 张东扬终于同意离婚了

范一佳这种类型的女人，是终生在用心机谋划生活的。不管谋划是否成功，不论是职场还是情感，不论对手是男是女，她们总有一颗强大的内心，是从不会放弃希望的。

如果时光穿越，范一佳生活在皇朝后宫，那她应该是乐得其所。若心机谋划得当，说不定就日日伴君侧，夜夜得圣恩；若命中注定天生命薄，那只能是机关算尽太聪明，在冷宫终了此生或者误了卿卿性命。

如一位心理学人士所分析的，任何人在范一佳这种人眼里，只分为两种，有用和无用。所以你要么被她如空气般无视，要么被她拣选切入她的生活，成为她人生的一砖一瓦。

很明显，陶子橙一直被动地切入范一佳的生活，成为范一佳铸造理想人生的砖与瓦。

高跟鞋"哒哒哒"，范一佳依旧在办公室里踱来踱去。终于，她试探性地给张东扬发了条短信："张先生，关于您找我老公许铎一事，您这边有什么进展吗？"

然后，范一佳呼了口气，坐了下来，端起茶杯喝了一口。

十分钟，二十分钟，半个小时过去了，范一佳心急如焚，再次"哒哒哒"地踱在办公室里，因为张东扬根本没有回复她半个字。

此时的张东扬，面如菜色、胡茬满脸，窝在不开窗帘的卧室里。他面貌状态糟糕到了极点。他早已听到了短信提示音，也看到了短信，许铎没有给他任何回复。他明白，自己再理会这个叫范一佳的女人也毫无意义。

一阵刺耳的手机铃声打破了昏暗卧室里的沉静，是范一佳的来电，张东扬拒接了。

挂断手机后，张东扬隐约听到卧室外面客厅里父亲的叹息声以及母亲嘤嘤的哭泣声。对于张家人而言，只有两天的时间，张东扬挪用公款的事情即将被揭发。

张东扬"腾"地从地上站起来，做了一个决定。

看到电话被拒接，"腾"地一屁股坐在沙发上的范一佳也明白了，她和张东扬的合作彻底无果而终了。


病房里，茉莉一边开窗，一边唠叨陶子橙，"你也不开窗子透透气，这满屋子的消毒水味道，不好闻。"

"是不好闻，我觉得阵阵恶心呢。可是，现在哪里顾得上什么味道不味道的。"陶子橙说。

"一直没说你呢！橙子，你怎么这么粗心大意，怀孕这事，你当初自己没发现吗？'大姨妈'没来自己不知道吗？"茉莉开始怜惜地数落陶子橙。

"最近这么多事，哪里顾得上'大姨妈'呀。有时候觉得一阵恶心，但总觉得是精神紧张疲劳过度引起的，也没放在心上。"陶子橙回答说。

"哎！上天作弄人啊，所有的事都赶到一起了。橙子，一定要坚强！"茉莉说着，走到陶子橙身边，紧紧拥抱着她。

"茉莉，你陪我在这里偷偷把孩子流掉吧！今天就做。这里没人认识我，我不想回济南或者老家丢人现眼。"陶子橙趴在茉莉肩头说着。

"我同意你的观点。可是，流产不是想做就做这么简单的事吧？我们要等医生的安排。还有一件事，作为腹中这个孩子的父亲，许铎应该有知情权。"茉莉告诉陶子橙。

刚想说话的陶子橙暂时停住了，因为护士敲门进来，要给陶子橙打点滴。茉莉从净水机接了杯水，放了陶子橙床头。刚才的话题无法当着护士的面继续，茉莉只好顺手打开了电视机，让电视的音画来冲破此刻的尴尬。

护士刚一出门，陶子橙就坐起来对茉莉说："我绝对不会让许铎知道我怀孕这事的。张东扬向他勒索80万的事，他都把怨恨计算到我头上了。再整出怀孕这个事，他更会认为我是在设计圈套。我绝不会去自取其辱的。"

"他若不信，可以做相关鉴定啊，能鉴定出这孩子是他的。"茉莉说。

"有这个必要吗？再说孩子在肚子里，怎么做亲子鉴定？等到生出来做吗？那不就满城皆知了。"陶子橙回答。

"我从百度上查一查，好像可以做胎儿亲子鉴定！"茉莉边说边低头从手机上网开始查询。

陶子橙不知道茉莉为何如此较真许铎是否认可这个孩子，她往后一仰，躺回到枕头上去，顺手拿起手机翻看微信。她关注了一个公众微信号"世相"，是之前芭蕉推荐给她的。

陶子橙点开了一篇文章，开头就把她吸引了，是点评美国作家盖·特里斯的作品《猎奇之旅》的，称其第一部分就如同那种素描长卷，很多个具体故事像过眼烟云一样匆忙跑过，感触像密集轻柔的雨点一样不深地敲下；如果是在初夏的傍晚，这样的雨会在干土上敲起一阵朦胧的烟尘，叫人看着想叹息，却并不想大哭一场。

这样的描写多么契合现在的自己，这样初夏的傍晚，往事如烟，声声叹息……陶子橙兀自想着。

"橙子，橙子，有，搜到了。"茉莉的声音把陶子橙拉回到了现实。

"什么呀？"陶子橙起身应着。

"查到了一条可靠的，听着啊！怀孕16周即可以采羊水做胎儿亲子鉴定。胎儿的流产物也可以做亲子鉴定。用羊水或胎儿流产物做亲子鉴定时，需要和父母的样本一起进行检测。所以，准确无误地提取嫌疑父亲检材是关键。"茉莉一本正经地给陶子橙念着。

"亲爱的，别开玩笑了，你怎么也糊涂了？要等到 16 周，肚子都大了，那全天下不都知道我怀孕了。茉莉，我根本不想做什么鉴定，你赶紧帮我去联系医生，安排流产的事。"陶子橙有点着急了，认真地对茉莉说着。

"哎！"茉莉一声叹息，"都三十多了，算是高龄孕妇了，我倒是真的希望你把孩子留下来。"

"可是，这孩子来的，既不是合适的时间，又不是来自合适的人。快点吧，去找医生。"陶子橙催促着说。

茉莉犹豫着出了病房。陶子橙摸着自己的小腹，虽然依旧是小腹平坦，但里面却已经有一个小生命在轰轰烈烈地孕育中了。想及此，陶子橙又是一声叹息。这是她第一次怀孕，她却不能保全这条小生命，人生有太多的无可奈何。

陶子橙把头埋在双膝间，眼泪无声落下。

但是，人生，也总会有不期而遇的转折点。

手机在枕头边急剧震动，这让陶子橙不得不停止了悲伤。她拿过手机，竟然是张东扬！她的心情复杂而忧郁，思虑再三还是接起了电话。

陶子橙沉默。

对面的张东扬是一声长叹，然后他说话了，"橙子，你给我 80 万救救我吧，我同意离婚。"

"好，明天见。"陶子橙说完，就挂断了电话。

挂断电话的陶子橙放声痛哭，她终于被迫以这样的方式结束了自己五年的婚姻，结束得如此阴谋、如此背叛、如此罪过、如此仇恨、如此世俗。

当务之急是立即赶回县城，陶子橙擦干眼泪，赶紧拨通了茉莉的电话："茉莉，先不找医生了，赶紧给我办出院手续。"

## 47. 明天迎接她的，将是又一次对自己过去人生的终结。她不知道她的未来在哪里

茉莉匆忙赶回陶子橙的病房。

一进门的茉莉神情紧张，气喘吁吁，看样子是一溜小跑着回来的。依旧在打着点滴的陶子橙说："瞧你跑的，也不用这么着急吧！我还要把这瓶药打完，你有足够的时间去找护士帮我办理出院手续。茉莉，一会儿送我去车站。我要回青城，张东扬给我打电话了，他同意离婚了。"

"真的？他总算是想明白了。太好了。你总算是脱离出这潭泥沼了。"茉莉坐到沙发上，略有些心神不定，又站起来，走到陶子橙身边说，"我刚才看见许铎了。"

听到"许铎"二字，陶子橙腾地坐了起来，浑身的神经都紧绷。她本能的意识是许铎怎么出现在这里？难道他知道了自己怀孕的消息？

茉莉赶紧解释："别紧张，看样子他不是来找你的。他和那个范

187

一佳在一起，他们带着一个男孩，五六岁的样子，应该是他儿子吧。许铎和范一佳脸色都不好，都忧心忡忡的。"

其实，茉莉是在乘坐下行电梯到二楼妇产科门诊的途中看到许铎、范一佳带着一个小孩进入电梯的，同行的还有一位中年男医生。因为电梯人多拥挤，站在角落的茉莉故意低下了头，避免被认出而徒生尴尬。

"孩子的病能治好吧，范主任？许铎，你赶紧找最好的大夫给尚岩看病。"范一佳的话语有些语无伦次。

"等血液化验结果出来再定治疗方案吧。"中年男医生说着。

许铎只是愁容满面，一声叹息，并未言语。

听到茉莉说许铎和范一佳是带孩子来看病的，陶子橙松了一口气。对于自己目前杂乱如麻的人生状态，陶子橙必须一步步厘清。首先她要做的就是和张东扬离婚，难得张东扬同意离婚，她不想在这个节骨眼儿上再出任何差池。

"橙子，看他们的样子，感觉那孩子的病情比较严重！"茉莉回忆着当时的状态说着。

"咱不用操心了，人家许氏家族有钱有势的，给孩子看病还不简单吗？好了，赶紧给我办出院手续去吧！我得早赶回老家，免得夜长梦多。我走后，你正好在这里处理处理工作。"陶子橙边说着边推了茉莉一把，示意她赶紧去办理。

坐在回青城老家的大巴车上，头靠着玻璃窗的陶子橙耳朵里塞着耳机，手机里循环播放着熟悉的旋律："用起伏的背影，挡住哭泣的心，有些故事，不必说给每个人听。"分明是听耳塞中的音乐，陶子橙却明显听到了自己沉重的叹息声——自己这颗因背负了太多故事而超载的心，该用多少言语的劝慰才能卸载。

车外飞速后退的是满眼的绿色。从海边城市越往内陆行驶，车窗外的景致越发密集，高速公路上的车辆也越来越多。贯穿山东境内东西方向的这条最早的高速公路原名叫济青高速。随着时代变迁，它已更名为青银高速，但是多年不变的状态是，以青州市为中心点再起，青州到济南一段经常是奇堵无比，青州到青岛这一段却几乎是一路畅通。

每次陶子橙自己开车从济南回老家，都会暗自恼怒这条"慢速路"——大货车一辆接一辆，平均车速最快也就跑到 80 公里／时，几乎每趟行程都会遇到大小车祸。这层出不穷的事件，使得她的每趟旅程都缓慢冗长，胆战心惊。

而这次从东华市回老家，陶子橙更是不同的心境。明天迎接她的将是又一次对自己过去人生的终结，她不知道她的未来在哪里。

风景持续倒退，如同看电影时按下了快退键。陶子橙的手不经意碰到了腹部，她的手倏地缩了回来，这里有一个神圣的小生命在孕育。陶子橙记忆中的画面在快速倒带：十年前，她来东华市认识了许铎；十年后，她来东华市与许铎发生了关系；这一次，她来东华市得知自己怀了许铎的孩子。

人生多么戏剧！

陶子橙尝试去抚摸自己的腹部，她的手是颤抖的。低垂的头发遮住了她的脸，没有人看到她表情的复杂。这个小生命，在张东扬签署离婚协议前，是不合法的；而明天和张东扬签了字离了婚，它就是合理的存在。

陶子橙原本以为自己和许铎发生了关系，是对张东扬的不忠不贞，她心存愧疚；而张东扬带女人回家，亵渎了他们的婚姻，也无意中报复了陶子橙的背叛。

张东扬在婚姻存续期内隐瞒家人挪用公款违法犯罪，导致陶子橙被动背负80万的债务，是对陶子橙极大的伤害与无视；而陶子橙竟然在一夜情后怀了许铎的孩子，也无意中报复了张东扬的罪恶行为。

真是冥冥中的冤冤相报。

人生何其戏谑！

想到这里的陶子橙又是一声沉重的叹息。

她刚进家门，见爸爸妈妈和堂弟陶子萝都在。陶子橙说："爸妈，张东扬同意离婚了，条件是我给他80万。"

"离吧！"陶爸爸说。陶妈妈也点了点头。

陶子萝很激动地站了起来说："离婚可以，但不给那混蛋一分钱。"

"子萝，这不是意气用事的时候，有法律呢。我们等到这个结果就可以了，你姐算是解脱了。你也赶紧回去实习吧！你昨天不是说要你姐家的钥匙，明天先回济南吗？"陶爸爸说。

"是啊，姐，同学们都到位了，就等我了。给我钥匙，我先回济南吧。"陶子萝对陶子橙说。他今年暑假的安排是在电视台实习。在实习期间要跟着电视台的老师们外出拍片子做专题做活动，是一次很好的学习机会。

陶子橙把济南房子的钥匙递给陶子萝，并交代了一些琐碎事情，就打算进房间休息了。知道自己有孕在身，她能明显感觉到体力的不足。而且，自己背负着心事的灵魂，怎能安然自得的面对一切！家人是不知道她怀了许铎的孩子的。

陶爸爸喊住了她，问道："橙子，去找许铎谈得怎样？"

陶子橙感觉脑袋发胀，无法回答爸爸的问话。说谈得不好，怕爸爸担心；说谈得好，自己一副萎靡不振的模样，也骗不过爸爸的眼睛。

"爸，谈得一般。我先休息一会儿再说，真的好累。"陶子橙声音里都是疲惫不堪。

现在，唯有放下一切，睡上一大觉，面对明天。

躺在床上的陶子橙，手不自觉地摸到了腹部，一个小生命在自己身体里，那是一种奇怪的感觉。

## 48. 张东扬说谢谢，陶子橙说珍重。就这样，陶子橙算是彻底摆脱了婚姻，摆脱了张东扬

第二天，陶子橙到达民政局婚姻登记处的时候，张东扬还没有到。停好车后，她坐在车里等候张东扬。

婚姻登记处不大的院子里已经有不间断的人来人往。那些面带甜蜜、双双对对来的一定是来领取结婚证的。踏入围城之前，他们不知道城内的风景是别致还是凛冽，但几乎都是怀着喜悦的心情欣然前往的。陶子橙想到了自己五年前和张东扬来领取结婚证时的情景，并无多少欢喜与甜蜜。她只是觉得来到这里，拿到盖了钢印的红色结婚证，二十八岁的自己终于尘埃落定，可以对父母有个交代了。

那些面带愤怒、形容憔悴的一定是来离婚的。围城内的生活已经

摧残了多少人所谓的情与爱，而是缘分已尽，渐生厌恶，互相冷漠。他们来领取盖了钢印的离婚证，以此来宣示法律意义上的婚姻终结。即使再和平分手的夫妻，一旦涉及离婚，也是有条件的，财产、子女、债务等处理或协商不妥当，就会在签字离婚之际加剧彼此的矛盾与隔阂。

就如同今天的陶子橙与张东扬。迫于单位领导查账的压力，在勒索许铎未果的情况下，张东扬只得选择了向陶子橙低头，同意离婚，并且先来办理离婚手续，然后再去银行办理转账手续。

张东扬出现了。陶子橙从车里看到他的时候，想到了四个字：形容枯槁。有那么一刻，陶子橙可怜这个男人，但是陶子橙很快理智下来。她又想到评价这个男人的四个字：咎由自取。

在填写表格，办理离婚手续的整个过程中，陶子橙几乎是沉默不语的。现在的离婚手续何其简单，不像父辈母辈那个年代，离婚简直是满城风雨的大事件，要单位同意，要领导签字等等。而现在，只需几分钟、几块钱，婚就离完了。

拿到离婚证的那一刻，不知为何，陶子橙又有一种尘埃落定的感觉。只是，这种落定，和张东扬再无半点关系。

"走吧，坐我车去银行吧。"走出婚姻登记处大厅后，陶子橙对张东扬说道。

"橙子，在去银行之前，咱们找个地方坐坐说会儿话吧。最后一次，好吗？"张东扬嗫嚅着提议说。

"就在车里说吧。"陶子橙本想拒绝的，但是鉴于张东扬最后一次的说法，她便点头答应了。

陶子橙驱车出来，把车停在了广场公园的停车场里。树荫下一排长凳，陶子橙手指着示意去那里坐坐。这个广场公园，貌似他们之前偶尔也在某个周末的晚饭后来散过步，那似乎是很久远的事情了。此刻坐在长凳上的陶子橙千言万语化作无语，只等张东扬开口。

"对不起，橙子。"张东扬沉默半分钟后蹦出了这一句话。

陶子橙置之一笑。她的笑并非暗讽张东扬，而是笑这漫漫红尘，男男女女，谁又能对得起谁？想到自己腹中的胎儿，她岂不是要向张东扬说一万声对不起！缘起时珍惜，缘灭时放手，她不希望再用"对不起"三个字和过去有千丝万缕的牵扯。

"橙子，我还想问一个问题。你……你和许铎是怎样的关系？如果不是他妻子范一佳来找我，说你和她老公……我是不会冲动过头，去找许铎……去找他要 80 万的……"张东扬磕磕巴巴地说出了这一堆话。

听完这些话的陶子橙很是惊讶，但是她也终于从张东扬口中证实了范一佳确实费尽周折找过张东扬，谎称是许铎的妻子，还编纂流言恶意中伤自己。范一佳啊范一佳，你这个女人，怎么如此恶毒！

本来已对张东扬无话可说、想继续沉默的陶子橙决定告诉张东扬进一步的事实。既然已经离婚，让他明白真相也无妨。她说："我和许铎是十年前采访时认识的，他确实曾经追过我，我没答应；范一佳是我原单位的同事，她不是许铎的妻子，但他们确实有一个六岁的儿子；我和许铎十年没联系，这次是偶然遇见的，和范一佳没关系。你误解了。走吧，我们去银行吧。"

陶子橙已经站起身来向车子方向走去，她刻意隐瞒了怀了许铎孩子的事情——她不想再因为怀孕的事节外生枝，伤及无辜。

她相信，事已至此，一切都是最好的安排。

城东的招商银行里，此时排队的人并不多。语音呼叫陶子橙的号码时，陶子橙和张东扬分别坐在等候区，相对无言。柜台里的银行工作人员是位年轻的男士，看到陶子橙要进行如此大额的转账，还是善意地询问了一下，陶子橙回报以坦然的笑容。她知道，这位工作人员是在提醒自己，现在诈骗的人太多，转款需谨慎。这确实也提醒了陶子橙，她应该让张东扬给她写一张收到条。到目前为止，张东扬的所作所为，不得不让陶子橙提防。

拿着张东扬所写的收到条，拿着离婚证，陶子橙在招商银行门口与张东扬分道扬镳。张东扬说谢谢，陶子橙说珍重。就这样，陶子橙算是彻底摆脱了婚姻，摆脱了张东扬，尽管自己损兵折将、伤痕累累。

走出银行门口时，陶子橙抬头看了看天，晴空万里，风轻云淡，是难得的好天气。开车回家，有那么一阵，陶子橙的心情是略微愉快的。她打开车里的音乐，甚至跟着哼了几句。

手机响起，开着车的陶子橙戴上耳机，接起了电话，是茉莉打来的。

"茉莉，我办完离婚手续了。"陶子橙迫不及待地告诉茉莉这个消息。

"太好了，橙子，终于解脱了。"茉莉的声音中也透露出了欢快，但她的话音一转，接着说，"告诉你件事情，橙子，这几天我在东华处理星海广场这个项目的事。听星海方面的人传言，范一佳最近都没来上班，听说她的孩子好像得了什么白血病。"

陶子橙怔住了。范一佳的孩子不就是许铎的孩子吗？就是六岁的许尚岩？许尚岩得了白血病？这是多么戏剧的情节！这是多么残忍的事情！

这一刻，陶子橙思绪全乱了。刚从婚姻里解脱出来的片刻轻松此时荡然无存。

　　人生是一场修行，坎坷辛苦是一段接一段的。刚刚处理完了婚姻问题，陶子橙旋即陷入了另一种忧虑里。许尚岩和自己并无关系，她也不会因为憎恨范一佳而迁怒于一个无辜的小孩子。但是，因为自己腹中胎儿的存在，她又和许尚岩存在着某种关系——毕竟，许尚岩就是自己胎儿血缘关系上的哥哥！


## 49. 天生的母性让她对腹中胎儿怀有最初的爱恋，她有些不舍


　　陶子橙不得不回济南。

　　剧组拍摄进展正常，还有两三天就要转场。这几天一直不见陶子橙的踪影，导演一通电话过来，直开玩笑，"没有陶制片在场，盒饭不香，茶水不甘，我们的阳光很不灿烂啊！"

　　"覃导，别贫了，这是变相提醒我这几天没去现场对吧？明天我们见面，我知道，该转场了。见面说啊。"陶子橙说。切换到工作状态的陶子橙还是一副职业姿态。

　　自己怀孕的事情，陶子橙暂时不能告诉父母。女儿离婚本身对父母就是一场巨大的打击，如若这个时候再知道女儿怀了别的男人的孩子，那父母如何承受！除了要好的闺蜜和家人，陶子橙也决不能让外

人知道自己离婚与怀孕的事。现在的陶子橙必须学会，即便背负着心事的灵魂也要轻盈地走在人生道路上。

陶子橙短期内这样打算：先回济南，把剧组安置到新的拍摄场地，然后抽时间找医院偷偷把孩子流掉。

从老家径直开车去片场，陶子橙努力要求自己调整到全新的状态。毕竟摆脱了婚姻，身心完全自由无束。她把车内音乐开得很大，想要用音乐把身体内一切郁闷的细胞全部涤荡冲击出去。

到了片场，陶子橙拉上导演覃可风就直接去了她早已预想好的一个外景地。那是一个地产开发商开发的一处深山内的清幽之地，位于济南西郊，名叫天邻公社。这一处山间角落真的如世外桃源般，沿着盘旋的山间公路一路驶往深山处，真如陶渊明《桃花源记》里的"缘溪行，忘路之远近……"他们终于行至一座石砌的大门入口处，方才到达目的地，其间已是经过了"山路十八弯"。

放眼天邻公社，天朗风清，山明水秀。敦实雅正的二层房舍，整个环境有溪上青青草、落英缤纷之意。顺着公社小路望去，"有良田美池桑竹之属。阡陌交通，鸡犬相闻。"

公社里的柿子树长势极旺，橘红色的柿子在枝头摇摆。陶子橙远远地指着柿子树说："覃导，这里怎样？来这里拍摄，您可以每天吃新鲜的柿子。"

这是陶子橙做记者期间积累下来的人脉关系，她和这里的老总相熟，公社里的宅邸都为私人所有。有一处对外的酒店可以安置剧组人员，剧组来这里取景，各得其好。导演覃可风当即拍板定下了天邻公社，剧组于大后天全部转场来此。

陶子橙也想跟随剧组来这里小住几天，她希望在这处静谧之地可以好好想想以后的人生。

在和天邻公社的工作人员协商剧组人员食宿问题时，陶子橙突然一阵反胃恶心，这个冷不丁的动作再次提醒陶子橙腹中胎儿的存在。

安排完所有工作后，陶子橙踱步到楼前溪流边，在一块石头上坐下。她打电话给芭蕉："芭蕉，明天我去找你，你陪我去医院做流产手术吧。你不是有高中同学在妇产科吗？帮忙走个后门，我最晚后天必须做完手术，剧组要转场了。"

挂断电话的陶子橙内心一颤，眼眶一热，清泪流出。她毕竟是个女人，天生的母性让她对腹中胎儿怀有最初的爱恋，她有些不舍。

第二天，陶子橙上午先到了芭蕉的"影的诗"工作室，她坐在二楼露台的木凳上等芭蕉。戴着一副墨镜的陶子橙，随手翻看着时尚杂志。

芭蕉忙完后跑上二楼来，她的厚底鞋踩在木质地板上格外响亮。"都多少天没见了，橙子，赶紧让我看看，有什么变化。"芭蕉跑到陶子橙身边说着，一把拉起了陶子橙盯着她的腹部左看右瞧的。

"这顶多就一个多月，根本看不出来的，芭蕉。"陶子橙环顾四周，低声说着，并拉着芭蕉坐下来。

芭蕉一下又蹦了起来，"橙子，干吗戴着个大墨镜？这里又没什么太阳。"芭蕉边说边给陶子橙摘去了墨镜。

原来陶子橙双眼红肿。

"你昨晚哭了？对吧，橙子？"芭蕉关切地问。

陶子橙点头承认。

"这是你人生的转折点，哭过了就笑着往前走吧！"芭蕉拥陶子橙入怀。

昨天，和导演覃可风从天邻公社回到市里，陶子橙就直接回家了。毕竟是有孕的身子，她觉得疲惫，很早就洗澡躺在床上看书，看累了就翻看手机里的微信公众号。陶子萝从电视台实习下班回来，和陶子橙打了个招呼，就回房间捣鼓自己的摄像机和电脑。

手机上扫过眼的一句话触动了陶子橙最脆弱的神经"最暖的陪伴总在回头时消散，伸出手抓不住遗憾；最长的永久还是只并肩一半，记住了路过的悲欢；缘分尽了情还不忍断，留一朵无果的期盼。"

陶子橙具有文艺女生悲秋悯月的细腻情感，一片落叶都可以触发她的诗意与情怀。这一刻，陶子橙想到了自己的破碎婚姻，想到了自己的钱财损失，想到了许铎的冷漠误解，想到了即将失去的腹中胎儿。原来，最后的最后，自己孤寂冷清、一无所有。

怕被弟弟陶子萝听到，陶子橙蒙在被子里呜咽痛哭。一整夜，哭醒，睡去，噩梦，再哭醒……如此反复，磨折身心。

"芭蕉，你忙完的话，咱们就去医院吧。"陶子橙恢复平静说道。

"橙子，这孩子，毕竟是你身上的一块肉啊！不如，留下吧，你再考虑考虑。"芭蕉试图劝服陶子橙。

"说实话，第一天我在东华得知自己怀孕时，我第一反应是它不属于我，想把它从我身体里驱逐出去。但是，它陪伴我这几天走过来，我发现我很不舍得，所以昨晚才痛哭不止。"陶子橙边抚摸腹部边说着，眼睛里盈满了泪水，"芭蕉，我是想让你给我力量，让我痛下决心流掉它。结果，你反而劝我留下！"

芭蕉腾地站起来，一跺脚说着："好吧！好吧！反正许铎现在也不搭理你、不相信你了。这个男人，这么轻易就否定了你！也不是什么靠谱的好东西。他也不值得你给他留下这个孩子。走，去医院，斩立决！我已经和医院的同学联系好了，今天检查，明天手术。"

芭蕉拉着陶子橙的手就噔噔地走下了二楼露台。


医院走廊里，陶子橙在排号等候做 B 超，芭蕉去找妇产科的同学问清楚明天手术的状况。陶子橙的注意力被走廊墙壁上的宣传海报吸引了，那是关于"保存脐血，延续生命"的宣传海报。

海报上写着："脐带血含有可以重建人体造血和免疫系统的造血干细胞，可以治疗多种疾病。由于脐带血中所含干细胞的免疫功能尚未发育完全，所以在配型上相对容易许多，尤其在家人中间概率更高……脐带血中的造血干细胞可以治疗的疾病有：白血病、淋巴瘤、骨髓异常增殖等综合症、多发性骨髓瘤、海洋性贫血、再生障碍性贫血……"

后面的病种名字，陶子橙没记清，但她死死地盯着"白血病"三个字，一时呆滞了。她回想起茉莉告诉她的：听旭腾集团的人说，范一佳的孩子得了白血病。

直到里面医生喊"27号，27号，陶子橙"时，陶子橙才回过神来。

躺在床上，腹部涂抹上冰凉的耦合剂，超声探头在腹部滑动，这一切都在迫使陶子橙感知与追寻腹中小生命的存在痕迹。当看到医生给出的 B 超单上写着"宫内见妊娠囊，见原始心管搏动"时，陶子橙决定不做流产手术了。

陶子橙跑出 B 超室，迎面碰上来找她的芭蕉。她拉着芭蕉的手一路往外跑，不明就里的芭蕉只好跟随着，两人直到跑到门诊楼外的花园里。

陶子橙满脸泪痕，对芭蕉说："我要留下这个孩子！"

## 50. 你永远得不到许铎，你只是别人的一个影子而已

因为许尚岩突如其来的病情，原来不太相干的许铎与范一佳有了最必须的理由可以经常在一起，因为此时的孩子需要爸爸妈妈在身边。

许铎把尚岩和范一佳安排到了自己的高层居所里，也安排范一佳暂时放下手头的工作，全力照顾孩子。毕竟，放下所有的调情与不羁，放下所有的猜忌与算计，他和她，最本质的身份是人父人母。

三番两次，他们三人的身影出现在医院里；每个夜晚，在尚岩熟睡后，躺在孩子身边的范一佳暗自垂泪，睡在次卧的许铎端一杯红酒借酒消愁。

现在的尚岩已经高烧褪去，孩子总归是孩子，只要身体允许，他就开始欢腾。突然从奶奶家住到爸爸家里，尚岩有无比的新鲜感，从客厅的落地窗边俯瞰脚下的城市而大呼小叫，看到大海中偶然驶过的快艇或者帆船而兴奋。一阵兴致上来，他掀开钢琴盖胡乱弹奏一气；兴致没了，又悄无声息地在每个房间翻箱倒柜；或者爬到书房里，专门挑颜色鲜艳的书或杂志，抽出来，扔满地。

范一佳没有任何责备孩子的意思，此刻的她，只想让孩子尽享人世欢愉，让孩子随性去玩，她只是跟在身后叮嘱小心与收拾残局。

在书房里收拾一堆书本杂志时，一张照片无意中从书籍夹页里滑

落出来。范一佳捡起来，偶然一瞥，她愣住了：这不是许铎和陶子橙的旧照片吗？！

如窥探到了惊天秘密般，范一佳一阵心跳加速。她仔细端详后发现，原来许铎身边的女子并非陶子橙，只是貌似，不，比貌似要更近一层，几近神似。那似笑非笑的嘴角，那略带高傲的眼神，那眉宇间的风情，照片上的女子与陶子橙竟如此相像。她翻看照片背面，什么都没有。

尽管没有任何文字信息，但范一佳也猜个八九不离十，这就是许铎的前妻于番。她曾经听尚岩的奶奶提起过，许铎的前妻叫于番。两个人感情一直很好，直到因为于番出国闹了别扭，他俩一气之下离了婚。

此刻的范一佳也明白了，许铎与陶子橙纠缠十年的原因，就是因为陶子橙这张与于番神似的脸。随即，范一佳一声冷笑，她想：陶子橙啊陶子橙，你永远得不到许铎，你只是别人的一个影子而已；而我有尚岩，我就会把许铎留在我身边。

外间"哐当"一声，尚岩大喊："妈妈，花盆碎了。"

范一佳随手把照片夹在书里，迅速放回到书架上。她跑到了客厅，发现客厅里已是一片狼藉。

芭蕉送陶子橙回家的路上，一直絮叨着问重复的问题。她不想陶子橙做出冲动的决定而后悔："橙子，你确定了？要留下这个孩子？"

"是的，一无所有了，留下个孩子做伴不挺好吗？"陶子橙的声音似有气无力。

"你不只是为了给自己做伴，你是为了许铎，其实，你心里是有许铎的，对吗？"芭蕉问得咄咄逼人。

一句话也点醒了陶子橙，到底自己心里有没有一丁点是爱许铎的？陶子橙不知道，只是在遭遇许铎的误解与冷漠后，她内心酸苦，感觉暗无天日。

"芭蕉，茉莉现在还在东华。听她说，许铎和范一佳的孩子大概得了白血病，这也是我留下孩子的原因之一。我刚才看到医院走廊里海报上写的，留下脐带血，或许可以挽救那个孩子吧。毕竟，是有血缘关系的。"陶子橙慢条斯理地说着。

芭蕉大吃一惊，旋即恢复了镇静说："这足够说明你是爱许铎的，不然，说难听点，他孩子生病和你没半点关系。况且，那个范一佳那么可恶，屡屡伤害你。别告诉我，你是人道主义献爱心啊！你想想将来，一个离婚女子独自带着孩子，难道你要拼上一生的幸福，只是为了给许铎的孩子奉献爱心？"

这符合芭蕉的风格，言辞犀利，但是句句在理。

陶子橙和芭蕉买了午饭进家门时，陶子萝正在客厅里捣鼓电脑和那套摄像器材。那是他的宝贝，跟着电视台的老师出去拍片子，他自己也会随手拍些东西回来。

坐在沙发上吹空调喝口水的功夫，芭蕉就有了惊天发现般大叫起来。她一手端着水杯，一手指着电脑，边吞咽边说："这不，那谁吗，许铎。是许铎。"

陶子橙也怔住了。陶子萝的电脑里播放的视频，是一个酒会式的商业论坛，画面闪过几次，都有许铎。

"在哪儿拍的，子萝？"芭蕉问。

"皇冠酒店啊！怎么了？"陶子萝也惊奇于芭蕉姐姐的反应。

"好啊！我去找他！橙子，你离了婚，肚子里怀着他的孩子，他误会你不说，还在这里人五人六的。"芭蕉腾地站起来当着陶子萝的面就把所有事都抖搂出来了。陶子橙赶紧着急忙慌地堵着芭蕉的嘴，拉着她进了卧室。

这次轮到陶子萝怔住了，他看着电脑的眼神逐渐愤怒。

"子萝在这儿呢，瞧你，什么都说出来了。"陶子橙急得直冒汗。

"子萝又不是外人。我是为你好！橙子，你想委屈自己当好人，他许铎和范一佳领你情吗？我最后一次问你，真的要为了救他们的孩子而留下肚子里的孩子？"芭蕉一语中的。

两个人在卧室争执不已的时候，偷偷趴在门上偷听的陶子萝也基本上明白了事情的大概。


下午继续进行拍摄的商业地产自助酒会上，陶子萝的眼睛一直在搜索那个叫许铎的人。终于等到了一个合适的机会，陶子萝自顾过去拉着许铎到了一个稍显僻静的角落。

"有事吗，小伙子？"许铎的表情既诧异又傲慢。

"你认识陶子橙吧？她离婚了，你知道吗？她怀孕了，你知道吗？"提起姐姐的这些遭遇，陶子萝又开始冒火，额头青筋暴起。

听到"陶子橙"三个字，许铎非常诧异，但他故作淡定，"你是谁？这和我有关系吗？"

年轻气盛的陶子萝一下子被激怒了。他一把扯住许铎的衣领，说道："我是陶子橙的弟弟，我姐姐肚子里怀的是你的孩子。"

这句话又让许铎大吃一惊，但他迅速回想起自己被陶子橙丈夫敲诈钱财的画面，使他提防加敌意地看着这个年轻的小伙子说："编这样的故事，你的目的是什么？也是想要 80 万吗？"

"砰"地一拳，陶子萝打在了许铎胸口上。现场一阵骚乱，迅速有人过来拉架。

"谁要你的什么 80 万！我姐姐东借西借凑了 80 万，给了那个混蛋，才离了婚。现在肚子里怀了你的孩子，你还出口伤人！没想到你更混蛋！"陶子萝着急得眼泪都要流出来了，一边挣脱劝架的人一边愤怒地说着。

人群中一个人喊了一声："都住手，一场误会。"循声望去，却是余延森。正在参加酒会的余延森看了一眼局势，听了双方几句对话，立即明白了个中原委。

余延森叫停了众人，酒会继续。他引着许铎和陶子萝走出了酒会现场。

"老许，咱俩 MBA 同学一场，我来说句公道话。这位小伙子所说的，都是真的。"余延森的开场就把许铎弄懵了。

"老余，你怎么知道真假？你认识他吗？"许铎问道。

"我不认识他，但我认识陶子橙。我的前女友芭蕉和陶子橙是闺蜜，想必你应该认识芭蕉。陶子橙的丈夫，哦，现在应该说是前夫，他挪用公款，又被橙子捉奸在床，这是他们离婚的主要原因。橙子被迫背上了 80 万元的债务，她东借西借才凑齐了。真的，还问芭蕉借了钱的。"余延森缓缓说着，许铎如听故事般惊讶了。

"橙子打电话告诉芭蕉，肚子里的孩子是你的。那个时候，我正巧在芭蕉身边，就都听到了，也就知道了你们的误会和纠葛。只是，橙子不想让外人，更不想让你知道她怀的是你的孩子，她怕你会继续误会她想以孩子来向你敲诈钱财。哎！你们的误会，都是她那个前夫张东扬搞出来的。他讹了橙子80万不算，还想从你这里再敲诈一笔钱。"余延森此时把所有知道的都和盘托出了，时至今日，他不想再看到误会继续上演。

旁边的陶子萝一直点头，说道："张东扬那个混蛋，欺负我姐！要不是我姐拉着我，我非揍他个半死。"

此时的许铎才算完全明白了故事的过程。原来，陶子橙竟怀了自己的孩子，自己是在意陶子橙的；而无意中，竟再次做了那个伤害她的人。

许铎浑身因激动而颤抖，说道："橙子在哪里？"

## 51. 从于番后，这是我真正决定要娶的女人

许铎跟随陶子萝回到陶子橙家里时，家里空无一人。陶子萝只在客厅茶几上看到一张陶子橙留下的字条："子萝，剧组提前转场，我跟着去山里住一段时间清静清静，暂时关闭手机。不要担心我，你照顾好自己。"

许铎赶紧拨打陶子橙的电话，已经关机。

"你姐去了哪个山里？"许铎着急地问。

"我也不知道！她没提起过啊！"陶子萝也是一脸着急。

许铎突然想到了芭蕉，他有芭蕉的手机号码。那晚和陶子橙在山

顶会所吃饭，芭蕉和他通话时告诉过她的手机号，当时芭蕉是有意撮合她俩的。

没想到这次一通电话拨过去，许铎耳朵里如轰雷般灌进来的是芭蕉的责骂声，"许铎，你早干吗去了？橙子遇到这么多事，你不但不帮她，反而还误会她。她东借西借凑80万给那个混蛋，不然，那个混蛋就想让她卖房子。你却认为她图你那几个臭钱！你姐姐屡次冷言冷语讥讽她，你那个刁钻的范一佳来橙子面前扮演苦情戏求她对你放手，去橙子前夫那里恶人告状，说橙子勾搭你。你们都是一群混蛋！老天作弄人，橙子竟然怀了你的孩子。本来昨天都到了医院准备堕胎了，她又为了留脐带血救你和范一佳的孩子而临阵脱逃，决定留下这个孩子。天底下没有比橙子更傻的女人了，主要是你这人太可恶！许铎，你到底什么意思？十年了，你对我们橙子勾搭来勾搭去，有你这么玩儿的吗？你到底想干吗？"

"我要娶她。"在一阵狂风暴雨般的言语袭击后，如梦初醒的许铎却铿锵有力地回敬了芭蕉这四个字。电话那头的芭蕉一时怔住了。

沉默了片刻，芭蕉最后回了他四个字："祝你好运！"

挂断电话的芭蕉立即给陶子橙打电话，但是发现她关机了。

依旧待在陶子橙家客厅里的许铎此刻完全褪去了酒会时的光鲜与风采，如一只斗败的公鸡，颓废地坐在沙发里。芭蕉的话音之高，陶子萝从许铎的电话漏音里都听见了，这让此刻的他不知所措。

突然，许铎又拿起电话，拨出一个号码："姐，陶子橙，我决定了，我要娶她。从于番后，这是我真正决定要娶的女人。而且，她怀了我的孩子。"

电话那头的许卓很是震撼，她很多年没有听到弟弟许铎如此恳切的语气了。也许，一切都是注定的安排。她也恳切地说道："我支持你，好好把握吧！有机会见到陶子橙，我会向她道个歉，之前误会她太多了。"

许铎讶异于姐姐的反应，他反问道："姐，你怎么不反问我，'陶子橙已婚，你如何娶人家？如何证明她肚子里是我的孩子？'"

许卓笑了，说道："许铎，我是相信时机和机缘的。你和陶子橙，是该有个结果了。下午，尚岩的妈妈来找过我，和我说明白了你和陶子橙的一切。她是来忏悔的，当她得知陶子橙为了救尚岩而留下胎儿的时候，她已经彻底醒悟了。我还有什么理由怀疑陶子橙呢？以心换心啊！还有个好消息，我委托医院从北京请来的血液病专家给尚岩会诊，最后的结果可能会有转机，不一定是白血病。别听信他们瞎传言，医院这帮护士也未必说得就准确。还有，尚岩的妈妈已经后悔了，你不要再责难她。现在尚岩生病，作为母亲，她心里是最不好受的。"

原来，当天下午，陶子橙接到导演电话，想在明天一早拍山里日出镜头，所以，今晚剧组就要赶到天邻公社。陶子橙立即联系安排，给陶子萝留字条。在出门时，她顿了顿，决定给范一佳打个电话。

"范一佳，我离婚了，但同时也发现自己怀孕了，是……许铎的孩子。"陶子橙静静地说着。

"什么！陶子橙。没想到你……"范一佳从震惊到愤怒，刚想爆发。

"不要激动，范一佳，我给你打这个电话，不想和你发生任何争执。我只是告诉你一件事情，怀上这个孩子，是意外中的意外。我是打算不要这个孩子的，但是，前几天听说尚岩……生病了。我从医院走廊海报上了解到，胎儿的脐带血或许对你儿子的病情有帮助，毕竟都是许铎的孩子。所以，我想为了尚岩留下这个孩子，如果你需要，可以找我。但是，请不要告诉许铎这件事，我不想让他知道。"陶子橙依旧淡淡地说完，挂断了电话，关掉了手机。

做出这个决定，留下这个孩子，陶子橙并无法预知，这对她而言意味着什么。她需要隔断一切干扰，去静一静，想一想。


客厅里，六岁的许尚岩在玩一堆新买来的玩具，旁边刚接完电话的范一佳神情呆滞，握着电话的手依旧悬在半空中。她对刚才陶子橙所说的话一时不能理解，慢慢地跌坐到沙发里，慢慢地梳理自己的思绪：这么多年来，自己三步提防五步算计，感觉自己马上就要和许铎在一起了。没想到，最后一刻，陶子橙竟然也怀了许铎的孩子，这真是天大的讽刺。但是，陶子橙说是为了尚岩才留下孩子的，而且，她不想让许铎知道此事。难道，陶子橙真的只是单纯地为了自己的尚岩？

范一佳一刹那间被触动了，她再次陷入了这十年来的回忆里。她站起来，踱步到落地窗台边。她继续想：这么多年来，陶子橙其实是一直躲避许铎的，否则，十年前，她就会答应许铎的追求。到今天，他们再次相遇，她又怀了他的孩子，真是无巧不成书的故事。自己百般拆散阻挠，看来都是徒劳。只是，没想到，陶子橙能不计前嫌，为了自己的尚岩，能主动提供胎儿脐带血。不管怎样，陶子橙是不可能拿着尚岩的生命开玩笑的，难道之前都是自己误会她了？

想到这里，范一佳拉起正在玩耍的尚岩，直接去了集团办公室找许卓。

在许卓惊讶的目光里，范一佳和盘托出了自己所知道的一切，忏悔了自己的所作所为。

"许董，不管尚岩将来会怎样，我都希望陶子橙和许铎能幸福。

这是我希望的结局，也希望你能成全。"这是离开许卓办公室时，范一佳流泪所说的最后一句话。

## 52. 已经错过了十年，以后的人生，是否跟我走？

"我要娶陶子橙。"在陶子橙家的客厅里，许铎慢慢从沙发里坐起来，笃定地对手足无措的陶子萝说着。

"我要去找她。"许铎说完就离开了。

二十二岁的陶子萝虽然依旧半头雾水，但是，此刻的他，为姐姐感到欣慰。他决定给大伯打个电话，说明一下现状。

对于陶子橙的寻找，许铎是毫无头绪的，他只能求助于陶子橙的闺蜜芭蕉。芭蕉是个火爆脾气，他怕再撞枪口，所以，决定找余延森帮忙。在余延森的陪同下，许铎来到了芭蕉的"影的诗"摄影工作室。

"许铎，早知现在，何必当初！我算是总结出来了，不论十年前，还是十年后，橙子只要遇见你，既定的生活必定重新洗牌。你真是前世冤孽、害她不轻！"一见许铎，芭蕉依旧语气刻薄。

"所以，芭蕉，从现在开始，橙子以后的幸福，由我全权负责。"许铎语气恳切。

"谁相信你？花花公子，游戏人生，招蜂引蝶，不着四六。"芭蕉白了一眼许铎，继续低头摆弄相机镜头。

"芭蕉，别挖苦许铎了，他和橙子既然这么多年还能再次碰到一起，况且，橙子还怀了他的孩子，这也是冥冥中注定的缘分。为了这份缘分，为了橙子肚子里的孩子，为了许铎的这份真情，我们都该撮合他俩，不能让一对有情人再分开十年。"余延森一席话说得情理通透，芭蕉也在犹豫中点头认可了。

"可是，这次我真的不知道她去了哪里，只知道去山里。好像是她在报社时结识下的地产圈里一个朋友的项目。"芭蕉也很着急，她边说边拨打陶子橙的手机，依旧关机。

芭蕉继续拨打茉莉的手机，"亲爱的，你刚从东华回到济南？知道橙子他们剧组这次转场去了哪里吗？她一直关机。哦！许铎在疯狂找她，貌似真相大白了，咱俩见面再说吧！"

"哎！怎么办？茉莉也不知道她在哪儿。要不，你等几天吧，她跟着整个剧组的人在一起，不用担心她。"芭蕉无可奈何地对许铎说道。

"可是，我急于想见她！芭蕉，你能体会我的心情吗？"许铎完全没有了轩宇昂扬的气势，满脸都是渴望见到陶子橙的焦急与苦楚。本想继续揶揄许铎几句的芭蕉，也忍住了嘴。

"剧组的人我认识几个，但是没有留过联系方式啊。"芭蕉思索了一会儿说，"目前唯一的线索，就是问问橙子原来报社的同事，看看他们是否知道哪个地产商在山区里有项目，然后再逐一打听哪个项目接待了剧组。对了，你那个范一佳不是和橙子是老同事吗？问问她。但是，她那么猜疑与算计，那么巴不得橙子离开你，她肯帮忙才怪！"

一语点醒了许铎。目前，通过范一佳来打听是最便捷的渠道。

"放心，芭蕉。刚才我和我姐通过电话了。范一佳已经悔悟了。橙子在关手机前给范一佳打过一通电话，告诉她要留下胎儿脐带血给尚岩治病。范一佳很惊讶，但是彻底被感化了。"许铎和芭蕉说明了原委。

"哇哦！戏剧性变化，连这个女人都一百八十度大转变啊！看来，还是孩子的病触动了她。"芭蕉舒了一口气，"你们的故事太戏剧化了！许铎，作为橙子的闺蜜，我希望橙子幸福，祝你好运！"

这一次，范一佳发自真心地帮助许铎找寻陶子橙的下落。她打了无数通电话给原来报社的同事，找了和陶子橙比较要好的同事于菁。范一佳甚至在第二天跑到报社东华市记者站找人翻出了 N 年前的报纸合订本，一页页翻看陶子橙采访的有关地产方面的新闻资料。她做了笔记，记下了所有可能的地产商名字，然后上网搜查电话，一一打电话去询问。

在济南的第二天，许铎也在通过地产圈的朋友多方打听。更重要的是，许铎去见了茉莉。为了得到陶子橙，他必须要得到陶子橙闺蜜的支持与帮助，他希望让茉莉看到他的诚意与决心。

当天晚上，许铎和范一佳通电话，关于陶子橙的去向终于有了初步的结果。两人锁定了三个在山里的地产项目，因为都是多年前销售完毕的项目，加之地产公司人员更迭换新，他们只是了解到了大致的地址：一个是浩黎雅舍，在七星台南侧；一个是天邻公社，在五峰山西；一个是金冠庄园，在五峰山东。

即使是这样的信息，对于许铎而言，也是至关重要的。第三天一早，许铎开始启程寻找陶子橙。

除了浩黎雅舍能从导航上搜到，天邻公社和金冠庄园都没有任何具体指向性资料，也许是开发商为了体现项目的私密性而有意为之。

此时的许铎放下一切，只想尽快找到陶子橙。他不想再戏谑，不想再调情，不想再霸道，不想再误会，他只想认真地告诉陶子橙：我们已经错过了十年，以后的人生，请放心跟我走。

　　循着导航找到浩黎雅舍，许铎被门卫告知，这里根本没有任何拍摄的剧组。然后，继续打听村民，打听路人，许铎终于找到了位于五峰山东侧的金冠庄园。这里是一片幽静的私人别墅区，也没有任何摄制组驻扎的迹象。

　　"你一定是在天邻公社。等我，橙子。"许铎暗暗告诉自己。抬头看看已经隐退山后一半的太阳，许铎想，"哪怕是披星戴月，我也要第一时间找到你。"

　　按照零星的几个路牌，问了十几个村民，许铎开着车顺着环山小路而行。他也不知绕了多少"山路十八弯"，也不知行至何处。山里的手机信号时断时无，车子的油箱指示灯早在进山之初就已经亮起，天色已经漆黑。除了车灯照亮的前路，其余方向几乎是漆黑一片。山村里零星的灯火，在这片漆黑的幕布里几乎可以忽略不计。

　　终于在一处有半格信号的地方，许铎赶紧打电话给芭蕉，"芭蕉，我四周全是山群，我要去天邻公社找橙子，但现在不知在哪里。"话没有说完，电话断了。许铎低头一看，没电了，早上从酒店出门走得急，充电器都没带。

　　更为悲催的是，在许铎发觉到油箱指示灯亮起后，车子已经跑了20多公里，这里真正是前不着村后不着店的地方，去哪里加油？去哪里买手机充电器？

　　在穿过一个村落时，许铎决定把车停放下来，找个亮灯的人家，打听一下此地距离天邻公社的远近，如果远，就在车里将就一宿，如果近，他就走着去。

此时的天邻公社，因为一场夜戏还没结束，山谷里的小溪边灯光闪亮、人声嘈杂。

而陶子橙，坐在一处略高的山头上，托腮看星星，陷入了深思。回想这么多年来的生活，心性喜欢随遇而安，生活却被当头喝断；本以为所嫁男人踏实可靠，却没承想自己的婚姻如此可笑；被迫的一夜激情，却要无辜接受生命的馈赠。如今的自己，也因了腹中的小生命而不得不郑重规划未来。未来的生活里，会有这个小东西依赖自己，喊自己妈妈。

想到此，陶子橙浑身一个机灵，不由得摸了摸腹部。恰好身边不远处一个声音传来，是剧组的一个同事在打电话，"我们在济南城郊附近的山里啊，不要担心。好了，妈妈，时候不早了，你早点休息。我们夜戏，他们喊我呢。"

那个人在给自己的妈妈打电话，陶子橙也想到了自己的妈妈，自己已经关机两天多了，临行前忘记提前和她交代一下，妈妈肯定担心坏了。陶子橙决定回房间拿手机，给妈妈打个电话报个平安。

一开手机，"滴滴嘟嘟"的短信、微信、来电提醒等争先恐后蹦到陶子橙眼前。

这些信息来自芭蕉、许铎、茉莉、妈妈、爸爸、陶子萝、于菁、范一佳等等。陶子橙心跳如狂，这两天究竟发生了什么？

迅速翻看了一遍信息，许铎在表白感情寻求谅解，范一佳在忏悔，芭蕉、茉莉在试图劝服自己接受许铎，爸爸妈妈要见许铎，陶子萝在祝福自己……尽管事情来得突然，但陶子橙大致明白了这两天发生了什么。

最后一条芭蕉的短信"滴滴嘟嘟"来到："橙子，开机速回电话，许铎去天邻公社找你，现在还在路上呢，他很可能在山里迷路了，他手机打不通了。"

　　时间已近晚上十点，对于一个第一次走山路到天邻公社的外地人来说，是很容易迷路的，因为有几条岔路，何况是晚上。陶子橙没有多想，立即拨打了许铎的手机，提示暂时无法接通。

　　她打电话给芭蕉，手机一接通，立即传来芭蕉的大呼小叫："天啊，橙子，你可开机了！你老人家躲在山里不知道外面都天翻地覆了，全世界都阻止不了许铎要娶你的脚步了。你等着吧！"

　　"芭蕉，说重点。"陶子橙也着急万分。

　　"重点就是范一佳悔悟了，陶子萝偷听了我们的谈话后找了许铎，一切真相大白了。许铎疯了，一定要找到你娶你。亲爱的橙子，我和茉莉都觉得他这次是认真的，我们都支持他。"芭蕉的语气跟随心情与性情不断调整。突然，她又大叫一声："完蛋了，橙子，现在的重点是许铎在深山里迷路了，你赶快去找他啊！他最后一次给我打电话是九点三十六分。"

　　挂断电话的陶子橙因为迷路的许铎而焦急不安，但是，听完芭蕉的描述，自己和许铎、范一佳的关系出现急剧转变，陶子橙一时无法适应，或者说她不知如何去面对。十年了，还是同一个男人——许铎，他是危险可怕还是值得依靠？再一次面对感情的轮盘，到底要不要下注？陶子橙害怕这种赌局。


　　穿梭在这个深山小村里，许铎如夜行侠般在找寻有灯光与动静的人家。山里人普遍睡得早，这个点儿还亮着灯的屈指可数。他愁肠百结地望着眼前这个孤独的村子，几株枯木，悲怆的远山……他突然感觉凄凉得无可救赎，一股憋闷袭上心头。他把这种悲伤感与无力感视作对自己过去的惩罚，他满腔的思念与悔不当初，只为陶子橙。

这又让他充满了力量，他鼓起勇气敲开了一个仍有亮光的人家。开门的老人感觉很诧异，但是很和善。老人告诉他，沿着村间小路西行，分岔处走右手边的路，一直走，就会到达天邻公社，还有约莫六七里路。

这几天于毫无头绪中寻找陶子橙，他感觉她距离自己有十万八千里之远。而老人口中这六七里的路程，分明让他感觉兴奋，他觉得自己马上就可以拥陶子橙入怀。

正走向车边，准备继续前进时，远远一束车光从对面驶来。许铎站定了。车子隔着十几米停下来，一个女人下车款款走来，长发飘飞，衣裙飘摇。光束透过夜色，笼罩着眼前的一男一女，仿佛穿透了无数的流年，只等待彼此这一刻的寻觅——

是陶子橙。

陶子橙走向许铎，第一次，有一种，这一辈子，就是他的感觉。

许铎拥陶子橙入怀，也许是梦境吧，许铎不管真假，只是紧紧地拥抱着陶子橙，仿佛一松开，她就倏然消失一般。

除了汽车发动机的轰鸣，此时无言。

只有陶子橙车内的音乐在静夜里流出："有生之年，狭路相逢，终不能幸免，手心忽然长出纠缠的曲线。那一年，让一生，改变。"

# 后 记

琬 著

我不是故事中的"陶子橙"。

这本长篇小说的最初起意和第二次决意完稿，都是在济南开往威海的火车上。但前后时间跨越了十年。

那时，从济南到威海，需要坐一整夜绿皮火车。

绿皮火车卧铺上的漫长一夜，让我有足够的时间去遐思一个丰满的故事，当然这个故事包含了周围太多人的影子。

最初起意写一篇反映当下的爱情故事，一夜未眠，敲出了一万多字，名字为《每个男人都危险》，继而搁置，那是 2004 年。

直到十年后，在好友奚凤群（我 15 年的好姐妹、老同事，我喊她西西）的鼓励下，小说完稿。我们曾在一家财经类报社做了三年同事，曾去天南海北出差并采访，写下了记录那个时代的财经故事。我们一起从不羁张扬到为人妻母，用力把生活过成了自己想要的样子，如今从容淡定。我慵懒散漫，唯有她，十几年来鞭策、催促、鼓励我，从不厌倦，从未放弃。

《每个男人都危险》（后改名为《每个爱情都危险》）初稿完成时，我恰好以制片人的身份带领三十多人的剧组在山东省各地拍摄纪录片《大道鲁商》。我请《大道鲁商》总撰稿李延国老师为我指点。李老师对待我的小说非常认真，圈点、改正、做批注，丝毫没有嫌弃我这个初出茅庐的所谓作家文字的青涩与幼稚。

　　著名文化学者、原泰山出版社副社长李北山老师审阅了我小说的电子版，他用了一下午的时间陪我喝茶聊天，把我小说的几个问题写在一张纸上，为我讲解结构及情节人设。

　　我还要特别郑重诚挚地感谢母校——济南大学的我的一位恩师，鼓励并支持我将人生第一部长篇小说出版。老师虽不愿透露姓名，但我永远感怀在心。

　　从确定出版社后，我的闺蜜、合伙人玉妹一直帮我联络新书分享会的场地，参与封面设计的创意，寻找宣传推广途径。

　　从文艺少女到文艺中年，我文艺了很久，也曾经追逐到了新闻理想。不论在什么样的生活际遇里，我始终把读文码字当作一项重要的人生修行要素。

　　还好，最终呈现在读者面前的这本《每个爱情都危险》不矫情、不俗气。

　　最后，感谢所有关注并支持我的家人、亲人、闺蜜和朋友。感谢我的责任编辑耿芸、朋友静芳为本书做出的努力。